Susanne Reiche studierte in Erlangen Biologie, war vierzehn Jahre lang beim Nürnberger Umweltamt im Bereich Umweltplanung tätig und arbeitet heute als Schriftstellerin. 2014 gewann sie mit ihrer Geschichte »Der Tod des Baulöwen« den Publikumspreis des Fränkischen Krimipreises. 2016 erschien ihr erster Krimi »Fränkisches Chili« um den Nürnberger Kommissar Kastner, 2017 folgte »Fränkisches Sushi«, 2018 »Fränkische Tapas«, 2020 »Fränkisches Pesto«, 2023 »Fränkischer Döner«.
www.susanne-reiche.de

Susanne Reiche

Kommissar Kastner und das perfekte Weihnachtsdinner

Ein fränkischer Winterkrimi

ars vivendi

Originalausgabe

Erste Auflage 2024
© 2024 by ars vivendi verlag
GmbH & Co. KG, Bauhof 1,
90556 Cadolzburg
Alle Rechte vorbehalten
www.arsvivendi.com

Lektorat: Stephan Naguschewski
Umschlaggestaltung: ars vivendi verlag
Coverfoto: © ars vivendi verlag
Druck: CPI books GmbH, Leck
Gedruckt auf holzfreiem Werkdruckpapier
der Papierfabrik Arctic Paper

Printed in Germany

ISBN 978-3-7472-0633-1

Kommissar Kastner und das
perfekte Weihnachtsdinner

Von der Treppe her waren Schritte zu hören ... Konnte man denn in dieser Provinzspelunke nicht mal für fünf Minuten seine Ruhe haben? Idioten, überall Idioten! Er rieb sich die Nase, wischte ein paar verräterische Brösel von seinem Mantelkragen und richtete sich auf, ein wenig zu hastig vielleicht – für einen Moment wurde ihm schwarz vor Augen, seine Smartwatch piepte einen Dreiklang in Moll. Hatte er einen Schoppen zu viel von dem muffigen Gesöff getrunken, das man in Franken – und nur dort! – für Wein hielt? Warum hatte er sich auf diesen ganzen Schwachsinn überhaupt eingelassen? Er hätte es besser wissen können, er hätte es besser wissen müssen! Man gab einem Idioten den kleinen Finger, er wollte die ganze Hand, das war nun wirklich nichts Neues. Mit Idioten kannte er sich aus. Sie waren Legion in seinem Metier, sie vermehrten sich wie Schimmel an einer feuchten Wand ... Restaurantkritiker mit dem Sachverstand eines Rudels hungriger Labrador-Retriever! Gäste, die eine Consommé mit dem Dessertlöffel aßen! Jungköche, die auf ihre Work-Life-Balance pochten! Konkurrierende Kollegen, die sich ungeniert zum Affen machten, um ins Rampenlicht zu gelangen: Profi-Coaching für die Pizzabude am Eck, Genussreisen in die kulinarischen Untiefen entlegener Landgasthöfe, Showkochen mit abgehalfterten Prominenten ... Und nun war er selbst Teil des Spektakels: ein Kochwettbewerb, ein *fränkischer* Kochwettbewerb! Beflissene Freizeitköche, Begeisterung heuchelnde Co-Juroren und woke Produzenten, die ihm diese Aufzählung wegen der fehlenden Gendersternchen sofort aus dem Manuskript gestrichen hätten ... Idioten, alles Idioten! Dumpfbacken, Schwätzer, Wichtigtuer!

Die Wut tat ihm gut, Adrenalin und andere Substanzen klärten seine Gedanken und brachten seinen Kreislauf in

Schwung. Er spähte in den Flur und lauschte, zu seinem Leidwesen hatte er sich nicht getäuscht: Irgendein Idiot – oder, bitte sehr: *irgendeine Idiotin!* – kam, scheinbar ohne Eile, die Treppe herunter. Er hätte sich lieber von einer seiner Küchenhilfen den Darm spiegeln lassen, als ein weiteres Problemgespräch mit selbst ernannten Mentoren politisch korrekten Betragens oder Heulsusen jedweden Geschlechts zu führen, die ihm für alles, was in ihrem Leben jemals schiefgegangen war, die Schuld in die Schuhe schieben wollten. Und was sollte er sagen, wenn man ihn fragte, was er hier zu suchen hatte? Dass er sich die Nase im Keller gepudert hatte, weil die Herrentoilette ständig besetzt gewesen war? Dass er der kleinen Aufmunterung dringend bedurft hatte, weil Tote aus ihren eingefallenen Gräbern gestiegen waren, um ihre skelettierten Finger nach ihm auszustrecken?

Er sah sich nach einem Versteck um.

Der Raum, in dem er sich frisch gemacht hatte – eine Art Gärkammer, übersichtlich möbliert mit einem blitzblank polierten Edelstahltisch und Wandregalen voller Essigballons und Einmachgläsern –, war ungeeignet, er floh in die einzig mögliche Richtung: weg von der Treppe. Aus dem Bedürfnis heraus, so viel Abstand wie möglich zwischen sich und die Idioten dieser Welt zu bringen, ließ er ein dämmriges Gewölbe voller Gemüsekisten und Rollregalen mit Pilzkulturen links liegen, eine Entscheidung, die er wenig später bereute, denn es kam nichts Besseres nach. Ein quadratischer Raum, in dem sich summende Gefriertruhen und -schränke entlang weiß verputzter Wände aufreihten, ein breiter L-förmiger Raum mit glattem Estrichboden und Wänden aus wabenförmigen Tonziegeln ... Offenbar der Weinkeller, offenbar eine Sackgasse. Was hatte er erwartet?

Platz war in der Nürnberger Altstadt knapp, sowohl über als auch unter der Erde. Er duckte sich hinter einen brusthohen Stapel Kartons mit dem Aufdruck *Chablis Grand Cru Les Clos Domaine 2021, Burgund*. Seine Hoffnung, der lästige Störenfried würde in einem der vorderen Kellerräume finden, was er suchte, und anschließend zügig den Rückweg antreten, wurde enttäuscht: Die Schritte kamen näher, jemand bog um die Ecke ... Er schluckte, als er die Gestalt im Gegenlicht erkannte. Musste es von all den Nervensägen, die ihm das Leben sauer machten, ausgerechnet diese sein? Weitaus dringlicher als zuvor sah er sich nach einem Ausweg um und atmete auf, als er einen erspähte.

*

Er schlüpfte in den finsteren Raum, zog die schwere Stahltür bis auf einen schmalen Spalt zu und lehnte sich daneben gegen die Wand. Durch ein auf Kopfhöhe in die Tür eingelassenes Fenster fiel ein Keil Licht auf glänzend weiße Bodenfliesen. Es war kalt. Er wartete auf Geräusche aus dem Weinkeller – das Reißen von Karton, das Klirren von Glas, Schritte, die sich wieder entfernten. Aber es blieb still. Es blieb so lange still, dass er begann, sich unwohl zu fühlen. Er löste den Rücken von der Wand und spähte durch das Fenster – bewegte sich dort jemand vor den Weinregalen? Stand jemand bei den Kartons, hinter die er sich eben noch geduckt hatte? Allmählich hatte er die Nase, um im Bild zu bleiben, gestrichen voll von diesem albernen Versteckspiel, wie einen in die Ecke gedrängten Kampfhund juckte es ihn, nach vorne zu gehen. Was hatte er zu befürchten? Die meisten Menschen waren Schafe, sie machten brav *Mäh* und ließen sich scheren, wenn man forsch genug auftrat; die anderen hielt ihm die Anwaltskanzlei Finte und Kollegen bislang erfolgreich vom Leib. Er brauchte nur das Kinn zu heben und sein schattiges Versteck energischen Schrittes zu verlassen – wer wollte ihn daran hindern?

Wie zur Antwort wurde die Stahltür von außen zugedrückt und verriegelt, er glaubte zu hören, wie der Presshebelverschluss die Gummidichtung komprimierte – ein Geräusch, das ihn frösteln ließ, lange, ehe er dessen Tragweite auch nur annähernd begriff.

Zwei Tage zuvor. Mittwoch, 18. Dezember. Quo vadis?

Über Nürnberg lag Schnee, viel Schnee – weiße Hauben verhüllten parkende Autos, Mülltonnen und Verkehrsschilder; vereiste Gehwege machten jeden Schritt vor die Tür zu einem Abenteuer mit ungewissem Ausgang. In den Notaufnahmen drängelten sich Radiusflexionsfrakturen und Sprunggelenksdistorsionen. Der städtische Winterdienst war noch in den Herbstferien, aber die Rechtsgelehrten der zuständigen Behörde hatten das Problem pfiffig gelöst und sämtliche Treppenstufen im öffentlichen Raum mit rotweißen Absperrbändern vom Verkehrsfluss abgekoppelt. Aufsteller wiesen darauf hin, dass deren Benutzung unter Androhung eines Ordnungsgeldes strikt verboten war.

Kriminalhauptkommissar Kastner vom Dezernat Eins des Polizeipräsidiums Mittelfranken (Verbrechen gegen Leib und Leben) war prinzipiell bereit anzunehmen, dass diese Maßnahme zuvorderst dem Schutz der Bürger und erst in zweiter Linie der Abwehr lästiger Schmerzensgeldprozesse galt, aber er ließ sich ungern gängeln – was war aus dem guten alten Hinweis »Benutzung auf eigene Gefahr« geworden? Als Beamter sah er sich indes genötigt, Recht und Gesetz zu respektieren und der Umleitung zu folgen, was ihn zehn Minuten Lebenszeit und den Anschluss an die Straßenbahnlinie 5 ab Plärrer in Richtung Christuskirche kostete. Kastner wohnte in der Südstadt, in der Wiesenstraße. Er wohnte schon lange dort, daher wusste er: Wer die Fünfer knapp verpasste, konnte die Strecke bis zu seiner Haltestelle genauso gut laufen.

*

»Schon Feierabend?«, fragte Mirjam aus der Küche.

»Hm«, brummte Kastner und zog im Flur den Mantel und die Winterstiefel aus. »Feierabend und drei Wochen Weihnachtsurlaub. Mein Chef verlangt, dass ich ein paar Überstunden abfeiere, er hat mich regelrecht dazu genötigt.« Sein Blick fiel auf eine gepackte Reisetasche, die neben der Garderobe stand. »Willst du verreisen?«

Mirjam saß am Küchentisch, ein Glas Rotwein in der Hand. Sie wartete, bis er sich ein Kellerbier aus dem Kühlschrank genommen und in einen Glaskrug dekantiert hatte, ehe sie sagte: »Ich fahre übers Wochenende mit Karla und Jutta ins Elbsandsteingebirge. Wir haben darüber geredet, Kastner. Du erinnerst dich?«

»Freilich, Hase!« Kastner küsste seine Lebensgefährtin auf die Wange und dachte fieberhaft nach. Spontan fiel ihm lediglich ein, dass Karla und Jutta Mirjams Arbeitskolleginnen waren, Mitarbeiterinnen beim *Service öffentlicher Raum,* der, unter anderem, für den städtischen Winterdienst zuständig war. Alles Weitere fand er, nach einem kräftigen Schluck Bier, in tieferen Schichten seines Gedächtnisses: ein paar Tage Wellness und Digital Detox in einem sächsischen Ressort – Massagen, Sauna, Yoga und die Gelegenheit, soziale und fachliche Defizite abwesender Kolleginnen und Kollegen in Ruhe bei einem Gläschen Prosecco zu erörtern.

»Gib's zu, du hast es vergessen.« Mirjam zündete sich eine Zigarette an und blies den Rauch aus, dann runzelte sie die Stirn. »Dass meine Eltern über Weihnachten kommen, weißt du aber schon noch?«

Kastner, im Geiste damit beschäftigt, einen Einkaufszettel für die Zeit seines Strohwitwerdaseins zu notieren – Presssack, Stadtwurst und Bratwurstgehäck, ein paar Tiefkühlpizzen und vielleicht eine Kiste Bier mehr als üblich –, zuckte zusammen. »Deine Eltern?! Ich dachte ... Wollten die Weihnachten nicht auf Madeira sein? Als ich neulich mit deiner Mutter telefoniert hab ...«

»Neulich?« Mirjam lachte. »Das war im Juli, Kastner! Und es war nicht Madeira, sondern Malta. Aber egal: Der Reiseveranstalter hat Pleite gemacht, es ist noch nicht mal klar, ob sie ihr Geld zurückkriegen.«

Kastner erinnerte sich dunkel, davon schon gehört zu haben. Sein Handy klingelte. Nach einem Blick auf das Display drückte er den Anruf weg.

»Meine Eltern reisen am dreiundzwanzigsten gegen Mittag an, ich komm aber erst abends zurück«, fuhr Mirjam fort. »Es passt also ganz gut, dass du Urlaub hast. Du könntest die beiden vom Bahnhof abholen und zuvor schon mal die Hütte putzen und ein bisschen was für die Feiertage einkaufen.«

Kastner nickte ergeben. Er mochte Mirjams Eltern, aber er würde in ihrer Anwesenheit kaum bis mittags schlafen, unrasiert im Bademantel durch die Wohnung schlurfen und mit den Füßen auf dem Couchtisch *Ben Hur*, *Sissi* und *Quo vadis?* schauen können.

Sein Handy klingelte erneut. Er ließ es brummen, bis die Mailbox ansprang.

»Warum gehst du nicht ran?«, erkundigte sich Mirjam. »Ist das deine Geliebte?«

»Sehr witzig, Hase. Sag mal – was gibt's zum Abendessen? Ich war heute Mittag nicht in der Kantine.« Seine Kollegin Uli Hirschel hatte Geburtstag gefeiert und zu einem Buffet geladen, das im Wesentlichen aus einem Strauß roher Möhren mit Joghurtdip bestanden hatte. Er war kurz davor, sich selbst zu verdauen.

»Es ist noch Linseneintopf von gestern da, den brauchst du bloß aufzuwärmen. Und wenn du schon mal stehst: Vielleicht kannst du gleich ein paar Tomaten für einen Salat schnippeln?«

Kastners Laune hob sich augenblicklich. Eintopf aufwärmen und Tomaten schneiden, damit kam er zurecht ... Er wusch die Tomaten und kramte in den Schubladen nach einem Schneidbrettchen und einem halbwegs scharfen Messer, als sich sein Handy zum dritten Mal meldete. Es waren nur knapp eineinhalb Meter vom Herd bis zum Küchentisch, aber Mirjam war schneller. Sie nahm den Anruf an.

»Ach«, sagte sie. »Du bist das ... Jaja. Neinnein. Hm. Freilich, er war nur grad – unter der Dusche. Moment, ich reich dich weiter!«

»*Danke dafür*«, formte Kastner tonlos mit den Lippen.

*

»Und? Was wollte dein Kollege?«

Kastner zuckte die Achseln. Sie saßen im Schein einer Kerze am Küchentisch und aßen Linseneintopf und Tomatensalat. Vor dem Küchenfenster tanzten Schneeflocken durcheinander wie Mais in einer Popcornmaschine, nur leiser.

»Es ist nicht zufällig irgendwer irgendwo über irgendeine Leiche gestolpert?« Mirjams Misstrauen kam nicht von ungefähr: Kastner hatte schon mehr als einmal private Verpflichtungen vernachlässigt, weil das Böse keine Rücksicht auf Sonn- und Feiertage nahm.

Kastner schüttelte den Kopf. Er nahm sich Linsen nach und achtete darauf, genug von dem saftigen Räucherspeck in den Schöpfer zu bekommen.

»Warum dann der Telefonterror?«, beharrte Mirjam auf Auskunft. »Ich meine: Ich weiß, dass Felix Wernreuther etwas speziell ist, aber er ruft doch nicht dreimal in zehn Minuten an und kaut dir dann eine Viertelstunde lang das Ohr ab, nur um dir schöne Weihnachten zu wünschen?«

»Vertrau mir, Hase: Du willst es nicht wissen.«

»Und wenn doch?«

Kastner seufzte. »Es ist so: Felix Wernreuther und sein Kumpel Theo Bahlke haben an einem Kochwettbewerb teilgenommen ...«

»Wernreuther hat einen Kumpel?«

»Willst du es jetzt wissen oder nicht?«

Mirjam hob die Hände.

»Die beiden haben sich im Frühjahr bei einem Volkshochschulkurs kennengelernt – *Kochen wie die Kelten,* oder so ähnlich. Nach dem Kurs hat Wernreuther ein Monatsgehalt in einen schmiedeeisernen Dreifuß und einen Kupferkessel investiert und ist regelmäßig zu Theo nach Mainfranken gefahren, um über offenem Feuer Hirsebrei mit Brennnesselspinat zu schmoren und Jahrgangsweine zu verkosten ... Theo ist Winzer, er hat ein Weingut irgendwo bei Dings. Iphofen? Ipsheim? Wie auch immer, falls du dich für seine Marketingstrategie, seine Vertriebswege oder die Farbe seiner Schnürsenkel interessierst: Ich weiß alles darüber.«

»Bist du eifersüchtig?« Mirjam grinste, schob ihren Teller beiseite und zündete sich eine Zigarette an.

Kastner ignorierte den Einwurf. »Offenbar hat Theos Interesse an den trauten Lagerfeuerabenden nach kurzer Zeit merklich nachgelassen. Wernreuther hat die Situation analysiert und den Schluss gezogen, dass die hoffnungsvolle Freundschaft einer neuen Herausforderung bedarf ... Ohne das groß abzusprechen, hat er den gemeinsamen Hut in den

Ring besagten Kochwettbewerbs geworfen, und der wackere Theo hat sich nicht lumpen lassen. Was soll ich sagen? Die beiden haben sich bis ins Finale gekocht.«

»Klingt nach einem Happy End.«

»Tja. Wie es der Teufel will: Letzten Samstag hat sich Theo beim Snowboarden am Ochsenkopf beide Handgelenke gebrochen.«

»Shit happens.« Mirjam schenkte sich großzügig Rotwein nach, ehe sie, etwas ratlos, fragte: »Und was hast du damit zu schaffen?«

»Nichts, Hase. Absolut gar nichts. Wenn man davon absieht, dass Wernreuther mich seither rund um die Uhr bekniet, als Ersatz einzuspringen.«

Mirjam lachte glockenhell. »Wernreuther denkt, du könntest einen Riesling von einem Bordeaux unterscheiden?«

Kastner hatte sich seinem jungen Kollegen gegenüber beinahe wortgleich geäußert, um sich aus der Sache herauszureden. Nun aber nagte das Ausmaß von Mirjams Heiterkeit genug an seinem Ego, um seine Expertise zu verteidigen: »In erster Linie geht es darum, dass es ein Teamwettbewerb ist – Wernreuther muss bis morgen einen Partner vorweisen, sonst ist er raus. Er sucht eine Art Beikoch: Gemüse schnippeln, Salat waschen, die Spülmaschine einräumen ... Das traust du mir ja wohl zu?«

Mirjam sah ihn mit großen Augen an, und Kastner setzte unbedacht noch eins drauf: »Scheint ein großes Ding zu sein, dieser Wettbewerb. Sterneköche in der Jury, Liveübertragung im Regionalfernsehen ... Den Siegern winken fünftausend Euro Preisgeld und ein zwölfgängiges Weihnachtsmenü für zwölf Personen in irgendeinem Nürnberger Schickimicki-Restaurant.«

Mirjam beugte sich interessiert nach vorne. »Hat das Schickimicki-Restaurant einen Namen?«

»Irgendwas mit einem Gewürz – Ingwerblüte, Muskatnuss? Wie auch immer, ich habe eh Nein gesagt. Allein die Vorstellung, drei Tage lang mit Wernreuther am selben Herd stehen zu müssen ...«

»Du hast Nein gesagt?« Mirjam schnappte nach Luft. »Bist du von allen guten Geistern verlassen? Ein Weihnachtsdinner in der *Muskatblüte* ... Meine Eltern wären begeistert! *Ich* wäre begeistert! Du hast Urlaub, dein Kollege braucht deine Hilfe ... Was wäre denn das Alternativprogramm? Willst du zu Hause im Bademantel rumlungern und dir in Endlosschleife *Drei Haselnüsse für Aschenbrödel* reinziehen?«

»Ja. Also – nein! Ich, äh, dachte ...«

Mirjam griff kopfschüttelnd nach seinem Handy und tippte ein paarmal auf das Display. »Felix? Mirjam noch mal. Ja, genau. Hm. Ja, das hat er mir alles schon ... Pass auf: Es gab da wohl ein Missverständnis. Ja. Jaja, genau. Was? Nein, da musst du dir echt keinen Kopf machen: Es wird ihm ein Vergnügen sein!«

Donnerstag, 19. Dezember. ComingTogether!

Das Finale des Wettbewerbs *FrankenKocht!* wurde in der *Muskatblüte* ausgetragen – eben jenem Edelrestaurant, dessen Inhaber neben dem Preisgeld auch das Weihnachtsdinner für die Gewinner ausgelobt hatte. Der Aushang der fachwerkromantisch in der Sebalder Altstadt gelegenen Lokalität versprach »exklusives High-End-Dining bei guten Freunden«, das Innere gemahnte Kastner an das Refektorium eines Klosters, in dem ein Raumschiff gelandet war: Gewölbedecke, Steinfußboden, grobverputzte Wände und rustikale Eichenholztische umrahmten das offen einsehbare, edelstahlglänzende und neonhell erleuchtete Kochatelier wie Flussperlen einen hochkarätigen Diamanten.

»Bei uns steht das Handwerk im Mittelpunkt!«, erklärte Karel Krafcik, Chef de Service und stellvertretender Geschäftsführer der *Muskatblüte,* beim *ComingTogether!* – einem bunten Trubel mit Presse, Häppchen und Sekt, der am Vorabend des ersten Entscheidungstages stattfand. Das Finale der fränkischen Küchenschlacht schien (neben der Wahl einer Miss Rauschgoldengel, die zeitgleich in einem Nebenraum zelebriert wurde) *das* Ereignis der Adventssaison zu sein: Reporter diverser Printmedien und Kamerateams traten einander auf die Füße, um Interviews mit den Sponsoren, den Schirmherren, den Finalisten oder den Juroren zu ergattern. Karel Krafcik – ein erdbeerblonder Mittdreißiger, dessen runde Wangen von einem akkurat gestutzten Backenbart notdürftig konturiert wurden – stellte die Jury als »Crème de la Crème der fränkischen Sterneküche« vor: Inga Schiffer, Chef de Cuisine der erst kürzlich mit einem zweiten *Guide-Michelin*-Stern geadelten *Muskat-*

blüte und »Shootingstar der jungen Wilden am Herd«; Arn Axel Drehermann, »sympathisch bodenständiger Starkoch« und, dank Funk und Fernsehen, »weit über seine fränkische Heimat hinaus bekannt wie ein bunter Hund.«

Es gab Szenenapplaus.

Der bunte Hund, ein trotz grau melierter Schläfen jugendlich wirkender Mittfünfziger, reklamierte den Beifall für sich, indem er seine breite Brust wie zufällig vor dem Shootingstar der jungen Wilden platzierte und ihn mit bescheidener Geste abwehrte.

Der Servicechef räusperte sich, ehe er, »last but not least«, den »Exilfranken und Wahlmünchener« Stefan Glauber-Butterscheidt an seine Seite bat, »eine, ach, was sage ich, *die* deutsche Koryphäe der Molekularküche!«

Ein Blitzlichtgewitter brach los. Drehermann, ins Abseits gedrängt, lächelte säuerlich und hob die Hände gelegentlich zu einem symbolischen Klatschen, während Krafcik über die Strahlkraft der Koryphäe referierte, in deren Gourmettempel *MunicTaste!*by Stefan Glauber-Butterscheidt* Kulinarik-Freaks aus aller Herren Länder einander offenbar die Klinke in die Hand gaben, um für teuer Geld fingerhutkleine Häppchen von wagenradgroßen Schieferplatten zu speisen. Der Gepriesene – ein hochgewachsener, schmerbäuchiger Griesgram in den Sechzigern mit unnatürlich vollem, dunklem Haupthaar – ließ die Lobhudelei ohne sichtbare Regung über sich ergehen.

Kastner fühlte sich von all den Kursiva und Ausrufungszeichen unter Druck gesetzt, die folgenden Erläuterungen des Servicechefs zum Modus Operandi des Finales (»drei Teams, drei Gänge, vier Entscheidungstage!«) trugen wenig zu seiner Entspannung bei: Die Aspiranten sollten ein Weihnachtsmenü kreieren, bestehend aus Vorspeise, Hauptgang und Dessert. Für jeden Gang konnten die Juroren jeweils ein bis drei Punkte vergeben, die Entscheidung sollte dennoch bis zum letzten Tag spannend bleiben ...»Am Ende zählt die kulinarische Schlüssigkeit des gesamten Menüs unter besonderer Berücksichtigung des regionalen und jahreszeitlichen Bezugs!«, verkündete der Backenbart und stellte, für ein dahingehend überzeugendes Konzept, »pro Juror drei unter Umständen spielentscheidende Extrapunkte« in Aussicht.

Felix Wernreuther wippte aufgeregt auf den Fersen. »Das sind in Summe neun Punkte – die holen wir uns!«

»Hm.« Kastner spähte zu den Häppchen hinüber, die auf einem der Eichenholztische angerichtet waren, aber der Servicechef machte keine Anstalten, das Buffet zu eröffnen. Er übergab das Wort dem Shootingstar der jungen Wilden, einer zierlichen Person mit weißblondem Pferdeschwanz und mausgrauen Augen, die von dicken Brillengläsern grotesk vergrößert wurden. Sie war in der Tat erst Mitte zwanzig, gebärdete sich jedoch, zu Kastners Erleichterung, keineswegs wild. Inga (»Wollen wir du sagen?«) lud die Finalisten zu einer Führung durch den *Cook-Space* der *Muskatblüte* ein, präsentierte sachlich die Hard- und Software des funkelnden Raumschiffs und gab freundlich Tipps zur Benutzung von Gasherd, Induktionskochfeld, Kontaktgrill, Dampfbackofen, Räucherofen, Fritteuse, Vakuumiergerät, Sous-Vide-Garer, Warmhalteschrank, Gefrierschrank, Lagerkühlschrank und sprachgesteuerten Downdraft-Kochfelddunstabzügen ... Kastner schwirrte der Kopf, noch ehe die Küchenchefin die Schubladen aufzog und ihre Töpfe und Pfannen vorstellte, als wären sie Familienangehörige: Schmortöpfe, Kochtöpfe, Dampftöpfe und Milchtöpfe mit doppeltem Boden; Emaille-, Edelstahl- und Grillpfannen, antihaftbeschichtete Crêpes-Pfannen aus Aluminiumdruckguss und gusseiserne Speckpfännchen. Im Anschluss wurde ausführlich über Messer gesprochen. Kastner, der bis dato nur zwischen scharfen und stumpfen Messern unterschieden hatte, erhielt ein horizonterweiterndes Upgrade: Es gab Hackmesser, Schälmesser, Schneidemesser, Ausbeinmesser, Tranchiermesser, Brotmesser, Gemüsemesser, Gurkenhobel und Teigräder mit Wellenschliff.

Wernreuther folgte Inga wie ihr Schatten und glänzte mit sachkundigen Fragen: »Ist das ein Sashimimesser? Aus Damaszenerstahl? Handgeschmiedet? Ach, und – schärft ihr die Klinge mit Keramik oder Wolframcarbid? Mit welchem Schleifwinkel?«

Inga gab geduldig Antwort. »Gut!«, sagte sie am Ende munter. »Wenn hier oben alles klar ist, gehen wir jetzt runter in den *Store-Space* ...«

»Sie meint die Lagerräume«, übersetzte Wernreuther, ohne dass jemand darum gebeten hätte.

Inga lächelte. »Wir veredeln viele unserer Produkte in Eigenregie – wir vergären Frucht- und Weinessige, komponieren Würzsaucen und Fonds und fermentieren alle Arten von Gemüse. Es gibt einen Weinkeller, einen Gemüse- und Pilzkeller, mehrere Gefrier- und Trockenschränke und einen Kühlraum für Frischfleisch ... Während des Finales dürft ihr eure Zutaten gerne dort einlagern.«

*

Eine gute Stunde später wurde das Buffet endlich freigegeben, man traf sich, »ganz zwanglos«, in der *Mixed-Zone*. Drei junge Frauen – lässig geschlungene Haarknoten, akkurat geschnürte Kochschürzen – verteilten Holunder-

Secco; die Reporter riefen ihren Technikern Anweisungen zu: »High-Key auf die acht, bitte! Der Reflektor muss höher, und ich brauche einen Bounce aufs Profil ... Ich hör nur Meeresrauschen. Hat der Boom-Operator schon Feierabend gemacht?«

»In diesem Finale zu stehen ist mir Ehre und ähm, Ansporn«, stotterte Wernreuther mit hochrotem Kopf in jedes Mikrofon, das man ihm vor die Nase hielt, ehe er auf den »tragischen Skiunfall« seines bisherigen Teampartners Theo Bahlke zu sprechen kam und mit getragener Miene winkend in die Kamera grüßte: »Gute Besserung, Theo! Du stehst mit uns am Herd!«

»Ich bemühe mich«, knurrte Kastner, wenn man ihn fragte, ob er es sich zutraute, in Theos Fußstapfen zu treten.

Die Reporter nickten höflich und gähnten verstohlen, ehe sie sich den anderen Kombattanten zuwandten.

Neben den *kochenden Kommissaren*, wie man Kastner und Wernreuther bald nannte, kämpften zwei weitere Teams um den Sieg: Zarah und Zarahída Benesh-Müller, Mutter und Tochter aus dem oberfränkischen Bamberg und hauptberuflich Eventmanagerin und Studentin der Ökotrophologie, sowie Malte Kern und Justin Hofmann, zwei Mittzwanziger aus dem unterfränkischen Würzburg, die sich erst kürzlich mit einer Start-up-Wanderschäferei selbstständig gemacht hatten. Die Damen glänzten mit Eloquenz und einem Hauch orientalischer Anmut, aber in puncto mediale Strahlkraft schossen die Wanderschäfer jeden Vogel ab: Sie waren in Schottenröcken und faltenfrei gebügelten Businesshemden aufgelaufen, präsentierten beiläufig ihre muskulösen, bunt tätowierten Waden und kraulten sich die blonden Wikingerbärte, während sie aufgeräumt über ihre Kindheit in Pflegefamilien, Ladendiebstähle, Drogen und die gerichtlich verordneten Sozialstunden auf einem Biobauernhof plauderten, die sie zurück zu Recht und Ordnung und in die offenen Arme von Mutter Natur geführt hatten.

»Das war echt der Gamechanger«, konstatierte Malte. Justin klimperte mit den Wimpern und ergänzte: »Manchmal wache ich nachts auf und heule wie ein Kind, weil mein Leben jetzt endlich einen Sinn hat!«

Die Reporter umschwirrten die »erfrischend authentischen Naturburschen« wie Motten das Licht, ehe sie weiterflatterten, um den Miss-Rauschgoldengel-Aspirantinnen investigativ ins Dekolleté zu filmen.

Kastner wagte einen Blick und erspähte ein Dutzend blutjunger Bikinimädchen, die, mager wie Galeerensträflinge, in High Heels über einen improvisierten Catwalk aus mit rotem Pannesamt überzogenen Europaletten staksten und dabei tapfer lächelten.

*

»Du liebe Güte!«, sagte Kastner, nachdem ihn Wernreuther in seine Agenda für die Vorspeise eingeweiht hatte. »Was meinst du mit *fangfrisch?* Müssen wir die Angel selber auswerfen?«

Der Kommissaranwärter runzelte die Stirn. »Du musst das hier schon ernst nehmen, Kastner, sonst gehen wir am Ende mit dem Trostpreis nach Hause.«

»Es gibt einen Trostpreis?« Kastner griff nach der Servierzange und balancierte einen Schwarzwurzel-Chili-Balsamico-Trüffel auf eines der winzigen Tellerchen, die neben dem Buffet standen.

Wernreuther atmete tief ein und wieder aus. »Der Fisch ist vorbestellt, den musst du morgen nur abholen. Am besten transportierst du den in einer Kühlbox. Du hast doch eine Kühlbox?«

»Äh – nein?« Kastner hatte keine Kühlbox mehr gesehen, seit er Mitte der Achtzigerjahre mit Oma Renate ein Picknick auf dem Hasenbuck gemacht hatte. Er probierte etwas von dem Kohlrabi-Carpaccio auf Kerbelschaum und verzog den Mund. Ein Leberkäs-Brötchen mit Senf wäre ihm lieber gewesen.

»Ich kann dir eine leihen«, tröstete Wernreuther. »Frischer Fisch ist das A und O bei der Vorspeise, da zählt jede Minute ...«

Einer der Wettbewerbssponsoren vertrieb fränkische Fischspezialitäten en gros, daher war das Thema für die Vorspeise gesetzt. Der Kommissaranwärter hatte sich (vermutlich in enger Abstimmung mit dem famosen Theo Bahlke) für die Zubereitung einer Hechtklößchensuppe entschieden ... Was Suppen anging, hielt sich Kastner nicht für gänzlich unerfahren: Wenn ihm ein Mordfall keine Zeit für eine Mittagspause in der Rathauskantine ließ, riss er sich in der Teeküche des Präsidiums ein Tütchen auf und verwandelte die bröseligen Ingredienzen mithilfe kochenden Wassers ruckzuck in eine Mahlzeit: Buchstabensuppe, ungarische Gulaschsuppe, Tomatensuppe Gärtnerin Art ... Dass im Finale eines Kochwettbewerbs nicht mit Brühwürfeln gearbeitet wurde, leuchtete ihm ein, trotzdem fand er den von Wernreuther avisierten Aufwand ein wenig übertrieben.

» ... keine Weltreise machen. Kastner? Hörst du mir zu?«

»Freilich.« Kastner knabberte ein paar frittierte Ringelblumenknospen.

»Das Biogemüse für unsere Bouillon stammt aus dem Knoblauchsland, die Cocktailtomaten werden in einem

EU-geförderten und mit regenerativen Energien beheizten Gewächshaus gezogen. Das ist der Punkt, Kastner, das ist unser Konzept! Frische, regionale Zutaten, kurze Wege, Nachhaltigkeit! Am Ende wird uns das von den anderen unterscheiden.«

Bio schön und gut, Kastner hegte gewisse Zweifel an der Nachhaltigkeit der gigantischen Gewächshäuser, die im Nürnberger Norden wie Pilze aus dem Boden wuchsen, um mediterranes Gemüse durch den fränkischen Winter zu bringen. In seiner Jugend war das Knoblauchsland ein Mosaik aus Kartoffel-, Kohl- und Rübenfeldern gewesen, inzwischen war es dichter bebaut als die Innenstadt. Er fragte eins der Prosecco-Mädchen nach einem fränkischen Landbier, erntete aber nur hochgezogene Augenbrauen.

Freitag, 20. Dezember. Vorspeise

(1) In Orangenjus marinierte Aalspießchen mit Petersilien-Minze-Tabouleh auf Granatapfel-Beurre blanc
(2) Feine Bouillon vom fränkischen Flusshecht mit Hechtklößchen und Karamelltomaten
(3) Räucherlachstatar-Schafskäse-Crêpe auf Safran-Senf-Sauce mit Meerrettichspänen und buntem Wintersalat

*

In der Küche der *Muskatblüte* herrschte rege Geschäftigkeit. Es wurde mariniert, gebraten, gedünstet, gedämpft, püriert, legiert und, je nach Temperament, leise oder laut geflucht. Malte sprach Küchengeräte, die sich seinem Willen widersetzten, mit politisch nur vordergründig korrekten Ich-Botschaften an (»Ich kotz dir gleich auf den Drehregler, du Montagsprodukt!«); Justin hielt »Made in China« für ausreichend despektierlich. Zarah flüsterte gelegentlich »Mist«, schlimmstenfalls »Kackmist«; ihre Tochter wurde mit »verfickter Scheißdreck« sowohl lauter als auch deutlicher. Wernreuther begnügte sich damit, jeden Handgriff seines Ersatzpartners misstrauisch zu beäugen und kritisch zu kommentieren: »Hast du noch nie einen Fisch entschuppt (eine Zwiebel geschnitten, eine Karotte geschält), Kastner? Gut, dass Theo das nicht sehen muss!«

Servicechef Krafcik war als Betreuer und Ansprechpartner vor Ort. Auf einem LED-Screen von der Größe der Berliner Weltzeituhr lief der Countdown bis zum Eintreffen der Juroren rückwärts. Während der letzten dreißig Minuten durfte ein handverlesenes Publikum den Finalisten über die

Schulter sehen, ein Fernsehteam des *BR* filmte live und in Farbe. Der Servicechef schlüpfte geschmeidig in die Rolle eines Moderators und stellte den Köchinnen und Köchen vor laufender Kamera indiskrete Fragen zu ihrem Berufs- und Privatleben, was manchen Zeitplan gehörig durcheinanderbrachte.

»Ein besonders spannender Fall? Äh ...« Wernreuther überlegte fieberhaft und vergaß, die Fischfarce in den Kühlschrank zu stellen. Zarahída hatte unbedacht erwähnt, dass sie in ihrer Freizeit gern mit einem Gummiseil um den Knöchel von Brücken sprang – Krafcik verlangte nach Details, während der angehenden Ökotrophologin zweimal die Beurre blanc gerann. Allein Malte und Justin hatten den Räucherofen, die Crêpes-Pfanne und ihre PR gleichermaßen im Blick: Justin schwor, jedes Einzelne seiner siebenundfünfzig Schafe namentlich zu kennen; Malte zückte ein Tablet und präsentierte den Wanderschäfer-TikTok-Kanal – ein Planwagen-Idyll mit blökenden Lämmern, fleißigen Hütehunden und Sonnenuntergängen hinter blühenden Streuobstwiesen.

»Das ist ein Knochenjob«, merkte Justin vorsichtshalber an. »Man schuftet rund um die Uhr und verdient trotzdem kaum was.«

Um siebzehn Uhr fünfzig riet Krafcik, langsam ans Anrichten zu denken. Hektik brach aus. Unter Wernreuthers wachsamem Blick durfte Kastner die Fischbouillon auf drei Schüsselchen verteilen; Hechtklößchen und Karamelltomaten platzierte der Kommissaranwärter höchstselbst und garnierte am Ende mit millimetergenau ausgerichteten Dillspitzen und etwas Limettenabrieb.

Als alle Teams ihre Vorspeisen zum Jurorentisch gebracht und auf verschiedenfarbigen Tischsets platziert hatten, bat der Servicechef um ein abschließendes Statement.

»Seid ihr zufrieden?«, fragte er die Wanderschäfer.

Malte nickte und kraulte sich den Bart. »Klar, Mann! Frisch geräucherter Fisch und hausgemachter Heumilch-Schafskäse, das matcht.«

Das Live-Publikum klatschte und trampelte mit den Füßen.

»Ihr seid die Shootingstars bei *FrankenKocht!*«, stellte Krafcik fest. »Auf Social Media werdet ihr schon als Favoriten gehandelt. Aber wie wollt ihr die Jury überzeugen? Was ist euer Konzept für die Finalrunde?«

»Wir halten's gern einfach«, sagte Malte. »Das Motto ist: Nimm naturbelassene Zutaten und verändere sie beim Kochen so wenig wie möglich.«

Justin schabte beiläufig einen Spritzer Safran-Senf-Sauce von seiner Kochschürze und ergänzte: »Natürlich haben wir uns ein paar Gedanken über die Menüfolge gemacht, aber nach Rezept kochen ist nicht unser Ding. Wir createn am Herd ganz spontan aus dem Bauch raus.«

Kastner dachte sich seinen Teil. Die Küchendialoge der Wanderschäfer (»Scheiß auf dein Gefühl, Bro, steck dem Fisch das Thermometer in den Arsch und mach Zeitschaltuhr« oder »*Zwei* Löffel Honig, *ein* Löffel Senf – checkst du, Digger, oder warst du Sonderschule?«) ließen, seiner kriminalistischen Erfahrung nach, auf nüchtern durchdachten Vorsatz und akribische Planung schließen.

»Ein sympathisch frischer Ansatz!«, befand der Servicechef. »Kommen wir nun zu unseren beiden Damen: Ihr seid in diesem Wettbewerb ja quasi die Letzten eurer Art ... Wie wollt ihr euch gegen die männliche Übermacht behaupten?«

Zarahída verdrehte die Augen. »Indem wir besser kochen?«, schlug sie vor.

»Unser Weihnachtsmenü ist ein Cross-over aus modern fränkischer und traditionell orientalischer Küche«, erklärte Zarah. »Meine Familie stammt aus der Hafenstadt Maskat im Oman, da wird mit Kardamom, Kreuzkümmel, Bockshornklee und Anis gewürzt ... Das Pfefferminz-Tabouleh, das heute auf den Tisch kommt, ist ein Rezept meiner Urgroßmutter. Ich bin sicher, dass wir uns damit den Tagessieg holen!«

»Das ist eine Kampfansage. Respekt!« Krafcik schloss sich dem Beifall des Publikums gestisch an. »Und dann gibt es noch unsere kochenden Kommissare ... Womit wollt ihr heute punkten?«

»Ich, ähm, na ja«, sagte Wernreuther, »also *wir* servieren eine Hechtklößchensuppe und setzen dabei ganz auf Handwerk, Regionalität und, äh, kurze Wege.«

Kastner schwieg diplomatisch. Er hatte den Zählerstand von Mirjams altem Toyota um gute vierzig Kilometer erhöht, um die bei diversen Fachhändlern in den entlegensten Winkeln des Stadtgebietes vorbestellten Zutaten in der von Wernreuther gewünschten Reihenfolge abzuholen – für ein Päckchen Himalaya-Salz und ein Büschel Lorbeer war er sogar bis nach Fürth gefahren. Da alle darauf zu warten schienen, dass er Wernreuthers Worten etwas Eigenes hinzufügte, winkte er schließlich mit getragener Miene in die Kamera und sagte: »Gute Besserung, Theo. Du stehst mit uns am Herd!«

*

Punkt achtzehn Uhr betraten die Juroren den Gastraum, um ihres Amtes zu walten. Offiziell handelte es sich um eine Blindverkostung, weshalb alle zumindest so taten, als wüssten sie nicht, welches Team welche Vorspeise zubereitet hatte ... Kastner war ein wenig skeptisch, was das betraf. Hatte man den drei Sterneköchen während der letzten Stunde einen Aufpasser zur Seite gestellt, um zu verhindern, dass sie sich die Liveübertragung ansahen? Hatten sie ihre Handys wie Schulkinder beim Hausmeister abgeben müssen?

Inga Schiffer würdigte die Anrichteweisen, probierte hier ein Löffelchen und dort ein Gäbelchen und fand für jede Komponente ein freundliches Wort.

»Drei optisch und geschmacklich sehr gelungene Gerichte!«, fasste sie am Ende zusammen. »An dem Lachstatar-Crêpe kann man allenfalls bemängeln, dass die Portion für eine Vorspeise recht großzügig bemessen ist. Bei der Hechtklößchensuppe stimmen die Proportionen, allerdings könnte die Fischbouillon für meinen Geschmack noch eine Prise Salz vertragen ... Eine enge Entscheidung, aber im direkten Vergleich sehe ich den Crêpe knapp vorne. Am besten gefallen mir allerdings die Aalspießchen: saftiger Fisch, eine perfekt aufgeschlagene Beurre-Blanc und ein raffiniert gewürztes Minze-Tabouleh – eine kreative und rundum stimmige Vorspeise mit einer dezent orientalischen Note. Für mich Platz eins!«

Drehermann schien hungrig zu sein, er aß, mehr oder weniger schweigend, alle drei Teller leer. »Hier wird auf hohem Niveau gekocht, Respekt!«, resümierte er, als er den Mund frei hatte. »In die Aalspießchen könnte ich mich reinlegen, und die Lachsröllchen sind ein Gedicht, aber meine drei Punkte gehen an die Hechtklößchensuppe. Man darf den Aufwand für eine gute Bouillon nicht unterschätzen, und das *ist* eine gute Bouillon! Auch wenn sie, zugegebenermaßen, recht dezent gewürzt ist ...« Er referierte eine Weile launig über die richtige Zubereitung einer Bouillon und gab ein paar thematisch mehr oder weniger passende

Anekdoten aus seinem Leben als Sternekoch zum Besten, ehe er seine Bewertung mit zwei Punkten für den Lachstatar-Crêpe und einem für die Aalspießchen abschloss.

Erwartungsvolles Schweigen breitete sich aus, als Stefan Glauber-Butterscheidt zu Messer und Gabel griff. Der Exilfranke pflügte wie ein Berserker durch die Vorspeisen, zerpflückte den Fisch auf der Suche nach Gräten, stocherte mit finsterem Gesicht in den Beilagen und spülte sich mehrmals den Mund, als hätte er auf etwas Fauliges gebissen.

Sein Urteil war vernichtend.

»Danke, nein! Die Aalspießchen sind mir allzu beflissen exotisch – lehne ich mich zu weit aus dem Fenster, wenn ich vermute, dass die beiden Damen mit Migrationshintergrund dafür verantwortlich zeichnen? Hören Sie auf einen gut gemeinten Rat, meine Damen: Die wahllose Verwendung orientalischer Gewürze macht ein Gericht nicht automatisch besser, und es ist ein Unterschied, ob man mit arabisch angehauchter Hausmannskost zu Hause am Familientisch punkten oder im Finale eines doch recht hoch aufgehängten Kochwettbewerbs überzeugen will ... Denken Sie bitte darüber nach! Der Hechtklößchensuppe mangelt es nicht etwa an einer Prise Salz, wie die hoffnungsvolle Nachwuchsköchin zu meiner Linken vermutet, sondern ganz eklatant an jeglichem Pep und Pfiff, und die Karamelltomaten-Garnitur ist überflüssig wie ein Kropf! An dem Lachstatar-Crêpe missfällt mir vor allem die Präsentation ... Ein Spritzer Limettenöl hier, ein paar Mandelsplitter dort, daneben ein völlig aus dem kulinarischen Zusammenhang gerissener Rosmarinzweig: Das ist peinlich Neunziger!«

Justin hob schüchtern die Hand. »Wenn ich das mal erwähnen darf: Der Heumilch-Schafskäse stammt aus eigener Herstellung.«

»Jaja.« Glauber-Butterscheidt knüllte seine Serviette zusammen und warf sie auf den Tisch. »Dazu ein halbwegs passables Honig-Senf-Dressing und ein Salat, den man klugerweise nicht in Essig ertränkt hat ... Das reicht hier wohl für den Tagessieg.« Er lachte freudlos und fügte an: »Angesichts der inflationären Zunahme an Laienkochwettbewerben muss man heutzutage schon dankbar sein, wenn ausnahmsweise mal kein Rote-Bete-Carpaccio serviert wird.«

Eine Weile herrschte betretenes Schweigen.

»Was für ein reizender Mensch!«, flüsterte Zarah.

»Habe ich das richtig verstanden?«, fragte Zarahída entgeistert. »Hat uns der alte weiße Mann gerade erklärt, dass Frauen besser am heimischen Herd bleiben sollten – vor allem dann, wenn sie keinen arischen Stammbaum haben?«

Justin tätschelte ihr tröstend die Hand. »Du darfst das nicht persönlich nehmen. Wir sind alle schlecht weggekommen.«

»Danke für das Mitleid!«, zischte Zarahída und zog ihre Hand weg. »Euch hat er immerhin drei Punkte für eine fantasielose Lachsmumie zugeschanzt. Warum auch immer.«

Justin schwieg betroffen.

Malte ging in die Offensive. »Was zickst du Justin an?«, fragte er. »Kann er was dafür, dass eure Aalspießchen ein Rohrkrepierer waren? Du kannst wohl nicht so gut verlieren.«

*

»Wie ist der Stand?«, fragte Kastner, nachdem er Berge von schmutzigem Geschirr in eine der Supersize-Hightech-Flüsterspülmaschinen geräumt hatte. Seine Hoffnung, von den

Vorspeisen wäre die eine oder andere Portion für die Köche übrig geblieben, war enttäuscht worden: Die Reste hatten kaum für den sprichwörtlichen hohlen Zahn gereicht. Das Publikum war längst gegangen, das Kamerateam war zum Viertelfinale der Rauschgoldengel weitergezogen. Karel Krafcik und die Juroren saßen an einem der Eichenholztische, tranken Frankenwein aus langstieligen Kristallgläsern und führten offenbar eine Kontroverse. Kastner schnappte ein paar Brocken auf (Gürtellinie ... Kollegen ... Respekt ... Medien ... Außenwirkung) und schloss daraus, dass es um Glauber-Butterscheidts Juroren-Performance ging. Der Münchener Starkoch schnitt seinen Gesprächspartnern mehrmals mit herrischen Gesten das Wort ab. Inga Schiffer hatte einen hochroten Kopf.

»Der Punktestand?« Wernreuther, der über seinen Kochplan gebeugt am Küchentresen saß, zückte sein Handy und zog die *FrankenKocht!*-App zurate, in der die Bewertungen anonymisiert vermerkt waren. »Wenn ich das richtig sehe, führen die Wanderschäfer mit sieben Punkten, die Damen kommen auf fünf und wir liegen mit sechs Punkten in der Mitte. Da müssen wir morgen einen draufsetzen.«

Kastner nickte ergeben und sah auf die Uhr. Wenn er sich beeilte, konnte er sich am Aufseßplatz noch einen Döner holen und vor der *Tagesschau* zu Hause sein. Mirjam pflegte zu behaupten, dass Kochen auch satt mache, aber er bemerkte davon nichts. »Also dann.«

»Was hast du vor?«, fragte Wernreuther.

»Nach Hause gehen und was Ordentliches essen?«

»Siehst du hier irgendwen nach Hause gehen?« Wernreuthers Zeigefinger beschrieb einen Kreis durch die Küche – tatsächlich waren die anderen Finalisten alle noch emsig beschäftigt. »Nach der Vorspeise ist vor dem Hauptgang, Kastner! Hast du den Kochplan nicht gelesen? Anhang B.2 – Zeitmanagement? Der Schweinskopf muss gewaschen, mariniert und vakuumiert werden, damit er über Nacht schön durchziehen kann; und den Fond für die Sauce kochen wir am besten auch schon heute Abend. Vielleicht holst du gleich mal alles Nötige aus dem Keller? Anschließend könntest du das Suppengrün schnippeln, die Markknochen abschäumen und die Marinade anrühren ...«

»Und was machst du so?«

»Was *ich* mache?« Wernreuther verzog das Gesicht, als wäre er von dieser Frage menschlich enttäuscht. »Alles andere, Kastner. Alles andere!«

*

Auf dem Weg in den Keller wäre Kastner beinahe einem der Rauschgoldengel auf die Flügel getreten. Die junge Frau saß auf der Treppe und rauchte eine Zigarette, und sie hatte offenbar geweint – ihre Wimperntusche war verschmiert, an ihrem Kinn glitzerte eine goldene Träne.

»Sie verraten mich doch nicht?«

»Wegen der Zigarette?« Kastner schüttelte den Kopf.

Das Mädchen – eine attraktive Brünette mit angenehm kurviger Figur und dunklem Teint, noch keine zwanzig – deutete ein Lächeln an und rückte etwas zur Seite, um ihn vorbeizulassen. Ihr knappes Kleidchen hätte eher zu einer brasilianischen Samba-Tänzerin gepasst als zu einem fränkischen Rauschgoldengel.

»Ist es nicht gut gelaufen?«, fragte Kastner.

Sie zuckte die Achseln.

*

Nach der Hektik des Tages empfand Kastner den Store-Space wie ein Paralleluniversum. Die Zeit schien stillzustehen. Durch Einmachgläser voller Hobelgemüse zogen lautlos winzige Fäden schillernder Fermentationsbläschen, Karotten und Schwarzwurzeln schmiegten sich in Kisten mit feuchtem Sand, wie sich extraterrestrische Wattwürmer in die Gestade eines Ozeans aus flüssigem Methan schmiegen mochten. Die Gefrierschränke leuchteten im Infrarotbereich und brummten sonor, die Weinflaschen lagen in Reih und Glied, geduldig und reglos wie Astronauten im Kälteschlaf ...

»Kastner?«, rief Wernreuther von oben. »Die Zeit läuft. Warum dauert das so lang?«

Kastner erinnerte sich, was Mirjam ihm zum Abschied ins Ohr geflüstert hatte: »Jetzt jammere nicht rum! Andere gehen den Jakobsweg ... Du schaffst das schon!«

Die Kühlraumtür stand einen Spalt offen, was vermutlich nicht im Sinne des Erfinders war. Drinnen war es dunkel. Kastner betätigte den Lichtschalter und spähte hinein.

»Hallo?«, rief er. »Ist jemand hier?«

Es war eine überflüssige Frage: Der weiß gefliese und nun bis in den letzten Winkel neonhell erleuchtete Raum bot wenig Versteckmöglichkeiten. Ein halbes Rind hing an Fleischerhaken von der Decke, daneben die gehäuteten und ausgenommenen Kadaver kleinerer Tiere – Schafe? Ziegen? Rehe? In raumhohen Edelstahlregalen lagerten vakuumierte Päckchen voller Fleisch und Innereien; der Schweinskopf, den Wernreuther am Morgen frisch vom Schlachter geholt hatte, thronte wie eine skurrile Jagdtrophäe obenauf und schien ihn aus leeren Augenhöhlen vorwurfsvoll anzustarren. Kastner bekam umgehend ein schlechtes Gewissen. Er aß gerne Fleisch, und angesichts eines Grillsteaks oder einer Bratwurst fiel es ihm leicht, den Gedanken an das Lebewesen zu verdrängen, das dafür gestorben war. Aber wie sollte das gelingen, wenn das Essen einen ansah?

Er suchte und fand die Tüte mit den Markknochen, die Wernreuther mit seinen Initialen als persönliches Eigentum markiert hatte. Den Schweinskopf, der einiges wog, klemmte er sich unter den Arm. Nur um sicherzugehen, nichts übersehen zu haben, spähte er noch um die halbe Kuh herum, ehe er, unter allerhand unwürdigen Verrenkungen, die Edelstahltür von außen verriegelte. Falls ihn in diesem Moment jemand gefragt hätte, was er sich zu Weihnachten wünsche, hätte er gesagt: »Eine Taille und eine dritte Hand.«

Auf halber Treppe kam ihm Justin entgegen. »Allmächd!«, rief er mit Blick auf den Schweinskopf. Für jemanden, der jedes Jahr siebenundfünfzig Lämmer zur Schlachtbank führte, wirkte er seltsam erschüttert.

»*From nose to tail*«, zitierte Kastner seinen Kochpartner.

»Na ja, kann man machen«, gab Justin zu. »Wir haben eine schöne Junghammelschulter im Kühlraum, die wird jetzt entbeint und durch den Wolf gedreht – wir servieren morgen Kohlrouladen. Also dann, man sieht sich.«

Kastner nickte.

Der Rauschgoldengel war verschwunden und hatte nichts als einen Kippenstummel und ein Häufchen Glitter zurückgelassen.

*

Den Abstecher zum Aufseßplatz hätte Kastner sich sparen können: Der Dönerstand hatte bereits geschlossen, und das italienisch-fränkische Restaurant im Südrondell hatte Betriebsferien. Ein paar vermummte Gestalten huschten über den verschneiten Platz, mit keinem anderen Ziel, als ihn möglichst schnell hinter sich zu lassen. Seit der Kaufhof an der Landgrabenstraße dichtgemacht hatte, war die Aufenthaltsqualität des angrenzenden Platzes in einer Abwärtsspirale begriffen, und obwohl das Gebäude inzwischen abgerissen worden war, kam die städtebauliche Wiedererweckung der gewaltigen Baulücke als *Schocken-Carré* aufgrund langer Baustopps kaum voran ... Kastner erinnerte sich, dass nach einem Starkregen im Frühsommer Kinder in der mit Wasser vollgelaufenen Baugrube gebadet hatten, die Sache hatte für einiges Aufsehen gesorgt. Er schlug den Mantelkragen hoch und machte sich zu Fuß auf den Heimweg. Unter anderen Umständen wäre es ein netter Spaziergang gewesen, aber die Luft war eisig und sein Magen knurrte wie ein sibirischer Tiger. Es war nach halb zehn, als er endlich zu Hause ankam und an der Klinke seiner Wohnungstür ein Emailleschild mit der Aufschrift *Schneeordnung* fand – Schwarz auf Weiß, in Sütterlin.

Er griff nach seinem Mobiltelefon, wählte die Kurzwahlnummer vier und bestellte eine Schinken-Champignon mit doppelt Käse in Familiengröße. Um die Wartezeit zu überbrücken, gönnte er sich eine Dusche, schnitt sich anschließend die Zehennägel und rief Mirjam an.

»Gut angekommen?«, fragte er.

»Psst, nicht so laut«, flüsterte seine Lebensgefährtin. »Digital Detox, du erinnerst dich? Offiziell bin ich offline. Ist irgendwas passiert?«

»Nein«, sagte er. »Alles okay. Ich wollte nur hören, wie es dir geht.«

»Läuft«, sagte Mirjam. »Wir haben ein Dreierzimmer. Jutta schnarcht, dass sich die Balken biegen. Karla schlafwandelt, der Nachtportier hat sie gestern auf der Dachterrasse aufgegriffen, splitterfasernackt bei minus acht Grad. Sag mal – denkst du an die Schneeordnung?«

»Freilich, Hase!«

Nach dem Telefongespräch gestaltete Kastner mithilfe dreier Holzleisten, eines Schuhkartons und eines Filzstiftes einen Aufsteller: *Eingeschränkter Winterdienst! Bitte benutzen Sie den Gehsteig gegenüber!* Der Pizzabote war bestechlich, ein steuerfreier Zehneuroschein brachte ihn dazu, das Pappschild mit hinunterzunehmen und vor dem Haus aufzustellen.

Kastner ließ sich aufs Sofa fallen, legte die Füße auf den Couchtisch und schaltete den Fernseher ein. Er trank drei kühle Halbe zu der köstlich fettigen Pizza, und noch ehe Ben Hur seinen Vierspänner aufgezäumt hatte, war er eingeschlafen. Er träumte, er sei ein Astronaut, der in seinem edelstahlglänzenden Raumschiff zu unbekannten Welten reiste ... Nach Jahrzehnten aus dem Kälteschlaf geweckt, fand er sich auf einem von hochzivilisierten Schweinen bevölkerten Planeten wieder, dessen Bewohner die geistigen und technischen Skills der Gattung Homo sapiens seltsamerweise weniger interessant fanden als seinen persönlichen Body-Mass-Index ... Eines der hochzivilisierten Schweine schälte ihn aus dem Raumanzug, befühlte seine Rippen, kniff ihm mehrmals ins Gesäß und grunzte zufrieden.

»Jammere nicht rum! Andere gehen den Jakobsweg!«, kommentierte es seinen Protest. »Du hast ein langes, artgerechtes Leben gehabt, und nun darfst du auch noch an einem Kochwettbewerb teilnehmen ...«

Kastner wachte schweißgebadet auf.

Samstag, 21. Dezember. Hauptgang

(1) In Mandelmilch gedämpfter Kapaun mit Maronen-Zimtapfelfüllung, Kürbisröllchen und Ingwerchips
(2) Flambierter Schweinskopf mit gratiniertem Chicorée und Hokkaido-Kartoffel-Püree
(3) Hammelfleisch-Grünkohlrouladen auf Glühweinsauce mit Lauchgemüse und Pastinaken-Kroketten

*

Der zweite Finaltag begann, wie der erste geendet hatte: mit reger Geschäftigkeit. Wernreuther und das Damenteam waren bereits vor Ort, als Kastner gegen neun Uhr morgens eintraf.

»Wir brauchen den Mörser!«, begrüßte ihn Wernreuther. »Vielleicht kannst du gleich mal rübergehen und Bescheid sagen?« Er warf über die Schulter einen Blick auf Zarahída und senkte die Stimme zu einem Flüstern: »Das Mädel scheint zu glauben, dass sie das Ding gepachtet hat, weil ihr Oppa irgendwann mal im fruchtbaren Halbmond Kamele gezüchtet hat. Als wären wir Europäer eh zu blöd, mit etwas anderem als mit Pfeffer und Salz zu würzen.«

»Zarah hat mir erzählt, dass ihr Vater Ingenieur war. Er hat Brücken gebaut«, klärte Kastner auf.

Wernreuther blieb gänzlich unbeeindruckt. »Wie auch immer: Wir brauchen den Mörser.«

Es stellte sich heraus, dass der Mörser Zarahídas Privateigentum war. »Ich kann ihn euch später leihen, wenn es unbedingt sein muss«, sagte sie genervt. »Aber warum nehmt ihr nicht einfach einen von den anderen? Drüben auf der Anrichte steht ein ganzes Bataillon.«

»Oh«, sagte Kastner. »Bitte entschuldige. Wir dachten ...«

Wernreuther runzelte die Stirn, als er zurückkam. »Was ist das?«

»Ein Mörser.«

»Das sehe ich. Ich wollte aber den schwarzen Granitmörser haben. Was ist dein Problem, Kastner? Fällt es dir wirklich so schwer, die Führung für läppische drei Tage mal jemand anderem zu überlassen? Falls du meinst, ein Mörser wäre wie der andere, liegst du falsch: Da gibt es erhebliche Unterschiede in Material, Qualität und Verarbeitung. Das fängt schon beim Stößel an ...«

Kastner knirschte mit den Zähnen. »Ich muss das hier nicht machen«, unterbrach er den Vortrag seines Kollegen. »Ich bin hier, um dir einen Gefallen zu tun, obwohl mir spontan einiges einfällt, was ich lieber täte: die Quittungen für die Steuererklärung sortieren, die Heizkörper lackieren, den Kühlschrank abtauen, nach Santiago de Compostela pilgern ...«

Wernreuther riss die Augen auf und musterte Kastners füllige Figur von Kopf bis Fuß. »Von Nürnberg nach Santiago sind es gut zweitausend Kilometer, Kastner! Traust du dir das zu?«

»Es war eine Metapher, Felix.«

»Ach so, ja klar. Dann ... Vielleicht versuchst du's noch mal bei den Ladys? Wie gesagt: Wir brauchen den Mörser.«

*

Die Wanderschäfer betraten die Arena als Letzte. Sie sahen aus, als hätten sie ihren gestrigen Tagessieg nicht ausschließlich mit Kräutertee gefeiert.

»Na, wie läuft's?«, fragte Malte.

Justin raschelte mit einer Papiertüte. »Wie wär's mit Käffchen und Päuschen? Ich hab Zimtschnecken gebacken!«

»Das ist ein schlechter Zeitpunkt für eine Kaffeepause«, befand Wernreuther nach einem vergleichenden Blick auf die Uhr und seinen Zeitplan. »Der marinierte Schweinskopf muss auf Zimmertemperatur kommen, ehe er in die Röhre darf – Kastner? Gehst du mal eben runter in den Kühlraum und holst ihn rauf?«

*

Im Flur fiel dämmriges Winterlicht durch historisierende Butzenscheiben und ruhte sich auf rostbraunen Bodenfliesen eine Weile aus, ehe es zaghaft die Wände hinaufkletterte. Die Tür zum Nebenzimmer stand offen, es war menschenleer. Die Rauschgoldengel hatten nach ihrem Viertelfinale einen Tag Pause und hielten um diese Uhrzeit wohl ohnehin noch ihren Schönheitsschlaf. Der Flurfunk wusste, dass sechs von ehemals vierzig Bewerberinnen es ins morgige Halbfinale geschafft hatten ... Die Kür der Miss sollte am frühen Montagabend nach der Bekanntgabe des *FrankenKocht!*-Gewinnerteams stattfinden, vermutlich aus organisatorischen Gründen.

Kastner ging schnellen Schrittes, um beizeiten in den Genuss einer Zimtschnecke zu kommen. Auf dem Absatz der Kellertreppe lag noch immer das Häufchen Goldglitter, das dem Rauschgoldengel beim Weinen aus dem Gesicht gerutscht war, die Zahl der lippenstiftverschmierten Kippenstummel hatte sich auf sieben erhöht. Kastner fragte sich, warum eine junge Frau nichts Besseres zu tun fand, als ihren Wert von sabbernden Wichtigtuern und straff gelifteten Ex-Missen und Unternehmergattinnen beurteilen zu lassen, bis er sich erinnerte, warum *er* hier war. Im Grunde war es das Gleiche, oder?

Die Tür zum Kühlraum war diesmal ordnungsgemäß verriegelt. Kastner drehte den Griff nach unten, zog sie auf und schaltete das Licht an. Die Neonröhren summten. Der Schweinskopf, luftdicht eingeschweißt in einen XXXL-Vakuumbeutel, schwamm in seiner trüben Marinade aus Bier und Gewürzen wie ein Moorleichenpräparat ... Ähnliches hatte Kastner zuletzt im Archäologischen Staatsmuseum in München gesehen, einem Ort voller Schrecken, den er mit seiner Lebensgefährtin hatte besuchen wollen müssen. Mirjam bekam beim Anblick vergilbter Skelette in mürben Umhängen aus geflochtenem Gras regelmäßig glänzende Augen, er selbst bestenfalls Albträume.

»Da müssen wir jetzt durch!«, sprach Kastner sich und dem Schwein Mut zu.

Beim Näherkommen fiel ihm auf, dass der Schweinskopf beileibe nicht das bizarrste Exponat in dem Stahlregal war: Im untersten Fach lag ein Bündel unordentlich zusammengelegter Kleidung neben einem Paar teuer aussehender, brauner Straßenschuhe. In einem der Schuhe steckte ein Smartphone, in dem anderen schlief ein schwarzes Kätzchen – zumindest sah es aus wie ein Kätzchen, bis Kastner es hochhob und eine Art Toupet oder Haarteil erkannte. Noch während sich sein Gehirn vergeblich bemühte, einen Reim darauf zu finden, stolperte sein Blick über etwas, das, im Schlagschatten der gehäuteten Tierkadaver halb verborgen, ausgestreckt auf dem Fliesenboden lag.

*

Zwei Beamte des Kriminaldauerdienstes verschafften sich einen Überblick über die Lage. Kastner kannte die beiden aus dem Präsidium.

»Du nimmst an dieser Kochshow teil? Zusammen mit Streberlein Schlau? Klingt nach Quality Time.« Kriminalkommissarin Christina Speer, Spezialistin für Clan- und Bandenkriminalität, wechselte einen amüsierten Jedem-Tierchen-sein-Pläsierchen-Blick mit Kriminalkommissar Jochen Rollfeld, der für Straftaten im Bereich Lebensmittelrecht zuständig war.

»Habt ihr Polizeidirektor Wismeth informiert?«, erkundigte sich Kastner. »Die Rechtsmedizin? Die Kriminaltechnik?«

»Immer langsam mit den jungen Pferden!«, bremste Rollfeld. »Wie ich das sehe, bist du als Privatmann hier. Also sei so lieb und überlass die Entscheidungen uns.« Er nahm den Kuhtorso und einige der mit Innereien gefüllten Vakuumbeutel in Augenschein und las die Digitalanzeige des Thermometers ab: »Drei komma acht«, meldete er. »Lebensmittelrechtlich gesehen ist hier alles im Grünen.«

Christina Speer zog sich Plastikhandschuhe über, inspizierte die Kühlraumtür mit Lupe und Taschenlampe, zog sie ein paarmal ins Schloss und drückte sie anschließend wieder auf. »Vielleicht ein technischer Defekt? Die meisten Kollegen sind im Weihnachtsurlaub, Kastner. Ich würde sie ungern vom Christbaumschmücken wegholen, nur weil sich in irgendeinem Altstadtkeller der Türschnapper verhakt hat.«

»Die Tür war von außen verriegelt«, sagte Kastner.

Rollfeld trat zu ihnen und warf ebenfalls einen Blick auf die Tür. »Da müsste eigentlich eine Notentriegelung installiert sein«, merkte er an. »DIN 8986. Kühlraumtüren müssen jederzeit von innen zu öffnen sein, auch dann, wenn sie von außen verriegelt sind. Außerdem müsste es hier drin einen Lichtschalter geben ... Da hat's wohl jemand mit den Vorschriften nicht so genau genommen.«

*

Stefan Glauber-Butterscheidt war so tot, wie man nur sein konnte. Seine Haut war wächsern bleich, seine Finger und Zehen schimmerten pastellblau wie das Eis am Grunde einer Gletscherspalte.

»Warum ist er nackt?«, fragte Kastner.

Dr. Rendlick, die Rechtsmedizinerin, zuckte die Achseln. »Das nennt man paradoxes Wärmeempfinden. Oder, weniger schmeichelhaft, Kälteidiotie ... Wenn die Körpertemperatur unter zweiunddreißig Grad sinkt, dreht das Gehirn durch. Man glaubt zu schwitzen und reißt sich die Kleider vom Leib. Danach geht es relativ schnell.«

»Also ist er erfroren?«

»Davon gehe ich aus.«

Auch wenn Glauber-Butterscheidt kein sonderlich sympathischer Mensch gewesen war: Die Umstände seines Todes machten Kastner schaudern. Wie furchtbar musste es sein, in einem kleinen, dunklen, eiskalten Raum eingesperrt zu sein? Wie lange kämpfte man gegen die Panik, wie lange hoffte man, irgendjemand würde die Treppe herunterkommen und die Tür öffnen?

»Können Sie den Todeszeitpunkt eingrenzen?«

»Das hängt davon ab, wie Sie ›tot‹ definieren.« Die Rechtsmedizinerin zog, scheinbar ungerührt, ein Thermometer aus dem After des Toten und las es ab. »Erfrieren ist Sterben in Raten. Die inneren Organe sind meist schon irreversibel geschädigt, bevor das Herz irgendwann den Dienst quittiert. Das Gehirn kämpft noch eine Weile weiter, aber was nützt es ihm am Ende? Ein Gehirn ohne Körper ... Wenn Sie mich fragen, ist das weit deprimierender als ein Körper ohne Gehirn.« Sie deutete auf die Uhr, die der Tote am Handgelenk trug. »Das ist eine Smartwatch. Sie verrät uns, dass ihr Träger gestern Abend um zwanzig Uhr dreiundvierzig in eine Lage geraten ist, die seinen ohnehin ungesund hohen Puls noch weiter beschleunigt hat. Punkt acht Uhr dreizehn heute Morgen hat sein Herz zum letzten Mal geschlagen.«

Sie wandte sich über die Schulter an ihre Mitarbeiter, die vor der Tür mit einem Blechsarg warteten. »Ihr könnt abtragen, Jungs, ich bin hier fertig.«

*

Die Nachricht vom frostigen Tod des Münchener Starkochs verbreitete sich wie ein Lauffeuer. Passanten blieben vor der *Muskatblüte* stehen und filmten mit ihren Handys, die Ü-Wagen der Journalisten brachten den Verkehrsfluss in den engen, tief verschneiten Altstadtgassen des Sebalder Burgviertels zum Erliegen. Die *FrankenKocht!*-Organisatoren entschieden, mit einer spontanen Pressekonferenz in die Offensive zu gehen.

Arn Axel Drehermann versuchte sich an einem Nachruf: »Für mich war Stefan Glauber-Butterscheidt mehr als ein unfassbar kreativer und erfolgreicher Kollege: Er war mein Mentor, mein Förderer, mein väterlicher Freund. Als Jungkoch hatte ich die Ehre, mit ihm am selben Herd zu stehen – es war eine unvergessliche Erfahrung, eine Erinnerung, die für immer bleibt. Rest in Peace, GB!«

»Danke für diese sehr persönlichen Worte, Arn Axel!« Die Pressesprecherin der Veranstalter wischte sich eine imaginäre Träne aus dem Augenwinkel. »Wir haben einen schmerzlichen Verlust erlitten, Herrn Glauber-Butterscheidts Tod hat uns alle zutiefst erschüttert. Unser aufrichtiges Mitgefühl gilt in dieser Stunde den Angehörigen. Ich versichere Ihnen, dass wir die zuständigen Behörden bei der Aufklärung des tragischen Unglücks nach besten Kräften ...«

»Heißt das, Sie schließen ein Verbrechen aus?«, fiel ihr jemand ins Wort. Andere folgten dem Beispiel:

»Stimmt es, dass der Tote nackt war?«

»Werden Sie den Wettbewerb abbrechen?«

Die Pressesprecherin hob die Hand. »Eins nach dem anderen! Dass die Details des bedauerlichen Todesfalls schon aus Gründen der Pietät nach Diskretion verlangen, muss ich hoffentlich nicht weiter erklären. Und was den Wettbewerb angeht: Wir machen weiter, so schwer es uns auch fällt. GB wäre der Erste gewesen, der sich das gewünscht hätte – *The Show must go on*, das war immer sein Motto.« Einer ihrer Mitarbeiter flüsterte ihr etwas ins Ohr. »Ah!«, strahlte sie. »Wie ich gerade erfahre, hat sich die beliebte Sterneköchin Paula Cornetti spontan bereit erklärt, als Jurorin einzuspringen – *danke, Paula!* Natürlich passen wir die Timeline der heutigen Entscheidung den traurigen Umständen an und verschieben die Bewertung des Hauptganges unserer Finalteams von achtzehn Uhr auf zwanzig Uhr heute Abend ... Tja, das war's auch schon von unserer Seite. Sobald wir mehr wissen, werden Sie es erfahren!« Sie schickte ein Lächeln in die Journalistenrunde, das Bedauern, Zuversicht und die Aufforderung, sich jetzt bitte zu verpissen, in fein austarierten Anteilen enthielt.

»Die Leiche von Stefan Glauber-Butterscheidt wurde im Kühlraum der *Muskatblüte* gefunden – was hatte er dort zu suchen?«, erkundigte sich eine übertrieben zurechtgemachte Blondine mittleren Alters im himbeerfarbenen Lodenkostüm, die Kastner vage bekannt vorkam.

Die Pressesprecherin packte demonstrativ ihre Unterlagen zusammen.

»Wie man hört, hat sein Auftreten für Unmut gesorgt?«, hakte die Blondine nach. »Er soll sich vor laufender Kamera abfällig über den Wettbewerb im Allgemeinen und die Finalistinnen im Besonderen geäußert haben?« Ihre vernuschelte Aussprache machte es schwer einzuschätzen, ob sie bewusst auf das Damenteam anspielte, das Söder'sche Genderverbot ignorierte oder einfach nur betrunken war ... Kastner fiel ein, woher er sie kannte: Sie moderierte ein regionales Nachrichtenmagazin.

»Ich denke, wir sind uns einig, dass zu jedem Wettbewerb ein kritisches Feedback gehört«, unterstellte die Pressesprecherin mit einem Gesicht, als müsse sie erklären, warum Wasser bergab fließt. »Stefan Glauber-Butterscheidts offene und direkte Art wurde von allen hier sehr geschätzt ...«

»Das ist doch Quatsch!«, rief Justin aus der zweiten Reihe. »Der Typ hat sich aufgeführt wie ein Nilpferd im Blumenladen, und wie er mit Zarah und Zarahída umgesprungen ist, das war ... Das war Mittelalter!«

Zarahída fiel der Unterkiefer herunter. »Was soll das, Justin? Bist du *blöd?*«

Justin zuckte zusammen.

»Du hast aber echt ne ganz kurze Zündschnur«, stellte Malte, an Zarahída gewandt, fest. »Warum immer gleich so aggressiv? Justin wollte nur solidarisch sein.«

»Das sind Journalisten, ihr Schlafschafe!«, fauchte Zarahída. »Meint ihr, die schreiben einen Leitartikel über Justins selbstlosen Kampf gegen toxische Männlichkeit? Morgen wird jeder Depp in Franken glauben, dass *wir* Glauber-Butterscheidt in den Kühlraum gesperrt haben, weil er unsere Aalspießchen verrissen hat ...«

Zarah legte ihrer Tochter beruhigend die Hand auf den Arm.

Die Blondine im Lodenkostüm machte sich eifrig Notizen, die Pressesprecherin schaltete ihr Mikro aus und verließ das Podium. Die Geister, die sie gerufen hatte, ließen sich jedoch nicht so leicht vertreiben: Sie mischten sich unters Volk, schossen Fotos und stellten Fragen – die kochenden Kommissare avancierten, umständehalber, von medialen Rohrkrepierern zu begehrten Gesprächspartnern.

»Kriminalhauptkommissar Kastner – was denken Sie? War es ein Unfall? War es Mord? Haben Sie jemanden in Verdacht? Werden Sie die Ermittlungen leiten? Wann rechnen Sie mit dem Ergebnis der Leichenschau?«

*

Nachdem sich die Aufregung ein wenig gelegt hatte, versammelten sich die Finalisten in der Küche zu einer Lagebesprechung. Zarah kochte eine Runde omanischen Kaffee, gewürzt mit Kardamom und Nelken, Justin verteilte seine Zimtschnecken.

»Wir sollen einfach weitermachen? Das fühlt sich für mich irgendwie falsch an«, sagte Zarah nachdenklich.

Justin schloss sich dieser Meinung spontan an.

Malte schüttelte den Kopf. »Also ich komm gut damit klar. Es ist ja nicht so, als wäre ein guter Freund gestorben.«

Auch dieser Meinung schloss sich Justin spontan an.

»Da bin ich bei euch, Jungs«, stimmte Zarahída zu. »Der Typ war ein Unsympath, wozu Krokodilstränen vergießen? Wir haben hier alle was auf dem Herd stehen ... Ich schätze, die Veranstalter klagen uns das letzte Hemd vom Leib, wenn wir unsere Verträge nicht einhalten.«

Zarah nickte zögernd. »Na gut, wenn ihr meint?«

Zarahída nahm Kastner und Wernreuther ins Visier. »Was ist mit euch? Macht ihr weiter? Und wenn ja, als was – als Köche oder als Kommissare?«

»Stimmt, sie hat recht!« Justin riss, ein wenig theatralisch, die Augen auf. »Ein ungeklärter Todesfall – stehen wir alle unter Verdacht? Müsst ihr gegen uns ermitteln?«

Wernreuther, der am Tresen lehnte und konzentriert in seinem Kochplan blätterte, zuckte die Achseln. »Das weitere polizeiliche Vorgehen hängt davon ab, was die Autopsie und die kriminaltechnische Untersuchung ergeben«, verriet er über die Schulter. Er hatte erst kürzlich eine Schulung für den Aufstieg in den höheren Dienst absolviert, mit Formalien kannte er sich aus.

Zarahída trommelte mit den Fingernägeln auf ihr Mokkatässchen. »Und was heißt das konkret?«

Der Kommissaranwärter ging nicht darauf ein. Er legte den Kochplan beiseite, schnitt den Vakuumbeutel auf, hob den Schweinskopf aus der Biermarinade und betrachtete ihn so eingehend wie weiland Hamlet Yoricks Totenschädel.

Kastner übernahm: »Falls sich Hinweise auf ein Verbrechen ergeben, sind mein Kollege und ich genauso verdächtig wie jeder andere hier. Kommissare hin oder her: Wir dürfen nicht gegen uns selbst ermitteln.«

»Gut zu wissen.« Zarahída stand auf und kippte ihren Kaffeesatz schwungvoll in die Spüle. »Also?«

Wernreuther tupfte den Schweinskopf mit Küchenkrepp trocken, massierte ihm die im Granitmörser zerstoßene Würzpaste aus Knoblauch, Fenchelsamen, Pfeffer, Himalaya-Salz und Paprikapulver tief in die gitterförmig eingeschnittene Kopfhaut und umwickelte die Ohren liebevoll mit Alufolie.

»Wir machen weiter«, übersetzte Kastner. »Als Köche.«

*

Falls die Zubereitung der Vorspeise ein Tagesmarsch mit vollem Gepäck gewesen war, entsprach die des Hauptganges der Besteigung eines Achttausenders ohne Sauerstoffgerät. Und Kastner war Wernreuthers Sherpa ...

»Nein, das sind keine Röstaromen, das ist verbrannt, das musst du noch mal komplett neu ansetzen ... Das Suppengrün in Würfel schneiden, Kastner. *Würfel!* Du weißt, was ein Würfel ist? Die Temperatur kontrollieren! Das Gemüse bewegen! Wo ist der frische Lorbeer? Sind die Kartoffeln schon geschält? Das Kochbier ist für den Saucenansatz gedacht, Kastner, nicht für den Koch ... Hast du das Tomatenmark angeröstet? Heizt du mal eben den Backofen vor und pinselst die Fettpfanne mit Butterschmalz aus?«

Die Küche der *Muskatblüte* war geräumig, trotzdem kam es zu Kollisionen.

»Müsst ihr wirklich *vier* Töpfe auf dem Gasherd haben?«, fragte Zarahída.

»Genau genommen ja«, beschied Malte. »Was ist mit euch? Könnt ihr vielleicht mal den Dampfbackofen räumen und euren kastrierten Giger im E-Ofen warm stellen? Ihr seid nicht allein auf der Welt.«

»Wer hat eigentlich gestern die Spülmaschine eingeräumt?«, wollte Justin wissen. »Nix für ungut, ihr Lieben, aber den Mixeraufsatz hätte man vorspülen müssen!«

Kastner achtete auf die Temperatur, bewegte das Gemüse, röstete das Tomatenmark an und löschte den Saucenansatz mit einem Schuss Gräfenberger Lindenbräu ab. Den Rest trank er selbst, in tiefen Zügen und direkt aus der Flasche. Auch wenn Wernreuther den Hut aufhatte und Theos Geist über allem schwebte – vom richtigen Umgang mit einem Kochbier verstand er offenbar mehr als die beiden.

*

Das Publikum johlte und trampelte mit den Füßen, als der knusprig gebratene Schweinskopf bei gedimmter Saalbeleuchtung am Jurorentisch flambiert wurde. Einige ignorierten das Verbot privater Bild- und Tonaufnahmen während des Wettbewerbs, zückten ihre Handys und filmten die blauen Stichflammen, die dem Schwein aus den leeren Augenhöhlen schossen.

»Wow! Das ist ein Statement, da hat jemand ein richtig dickes Brett gebohrt!«, lobte Paula Cornetti, eine bodenständig wirkende Blondine mittleren Alters. »Kann ich was von den Schweinsbäckchen haben?«

»Ein Specktakel!«, stimmte Drehermann zu und erklärte, für alle Fälle: »Specktakel mit C vor dem K ... Für mich ein Ohr, bitte!«

»*From nose to tail*«, sagte Inga Schiffer. »Das ist Slow Food, das ist zu Ende gedachte Nachhaltigkeit.«

Den Vorschusslorbeeren folgten Punkte. Cornetti und Drehermann setzten den Schweinskopf auf Platz eins, Inga Schiffer sah den in Mandelmilch gedämpften Kapaun knapp vorne.

»Ich habe wohl ein Faible für das Orientalische«, sagte sie, beinahe entschuldigend. »Das saftige Geflügel harmoniert auf den Punkt mit der würzigen Füllung, und jedes Kürbisröllchen ist ein kleines Kunstwerk!«

Auch die Kohlrouladen wurden gelobt. Drehermann beteuerte, sie überträfen geschmacklich selbst die seiner Oma selig; Paula Cornetti versprach, das Gericht auf die Speisekarte ihres Sternerestaurants zu setzen: »Das ist Hausmannskost im besten Sinne!«

*

»Der Aufwand hat sich rentiert«, stellte Wernreuther nach einem Blick auf die Punktetabelle zufrieden fest. »Team Zwei – das sind wir – führt aktuell mit zwei Punkten Vorsprung.« Er hob die Hand wie ein römischer Kaiser, der sein Volk grüßt. Kastner brauchte eine Weile, ehe er den Sinn dieser Geste verstand. High Five. Er schlug notgedrungen ein.

»Wir dürfen jetzt auf keinen Fall nachlassen«, beschwor ihn sein Kollege. »Unser Dessert muss morgen losgehen wie eine Handgranate!« Er verstaute den Kochplan mitsamt Anhängen in seiner Aktenmappe. »Ähm – kannst du noch schnell den Herd wischen, bevor du gehst? Wir haben heute Putzdienst. Bei mir kreuzt sich das leider mit der Jahreshauptversammlung des Polizeisportvereins – da muss ich hin, als zweiter Kassier.«

»Denkst du dran, den Mixeraufsatz vorzuspülen?«, bat Justin, ebenfalls im Gehen begriffen. An der Tür blieb er stehen und fügte besorgt an: »Und behalt bitte die Tür im Blick, falls du noch mal runter in den Kühlraum gehst – nicht, dass das hier läuft wie bei den zehn kleinen African Natives.«

*

Mit *schnell noch den Herd wischen* war es natürlich nicht getan, trotzdem hatte es an diesem Abend gewisse Vorteile, der Letzte zu sein: In den Töpfen und Pfannen fanden sich genügend Reste, um halbwegs satt zu werden. Kastner verschlang drei saftige Kohlrouladen, wischte mit einer knusprigen Pastinaken-Krokette die Reste der würzigen Mandelmilch aus dem Schmortopf und nagte Schweinskopf und Kapaun bis auf die Knochen ab, ehe er die Spülmaschine mit Tellern, Besteck und einem tadellos vorgespülten Mixeraufsatz bestückte und einschaltete.

»Hallo? Ist hier noch jemand?«, fragte eine Stimme von der Tür. Kastner gab sich zu erkennen.

»Ah!« Es war der Servicechef. »Ich habe gerade noch einen Kontrollgang durch den Store-Space gemacht ... Wenn ich das nur gestern schon getan hätte!« Er seufzte.

»Machen Sie sich Vorwürfe?«

Krafcik blies die rosigen Backen auf. »Die Situation ist jedenfalls äußerst unangenehm. Der Geschäftsführer wird von meiner Performance enttäuscht sein ... Wenn es dumm läuft, sucht er sich einen neuen Stellvertreter.«

Kastner nickte mitfühlend. »Gehört es zu Ihren Aufgaben, abends die Lagerräume zu kontrollieren?«

»Nein. Aber mit all den Fremden im Haus ... Ich hätte mehr Sorgfalt walten lassen müssen. Und die Sache mit der fehlenden Notentriegelung im Kühlraum wird uns jetzt ziemlich schwer auf die Füße fallen.«

»Das ist ein Verstoß gegen die DIN 8986«, gab Kastner sein neuestes Wissen zum Besten. »Warum haben Sie denn keine Notfallentriegelung eingebaut? Ist das kompliziert oder – teuer?«

»Nein, eigentlich nicht. Aber wir haben den Kühlraum so vom Vorbesitzer übernommen, und dann war es wegen Corona unmöglich, einen Handwerker zu kriegen, und dann ist das irgendwie in Vergessenheit geraten ...«

»Hm«, machte Kastner. Privatmann hin oder her, er konnte es sich nicht verkneifen: »Wann haben Sie Herrn Glauber-Butterscheidt denn zuletzt gesehen?«

»Als er sich gestern Abend verabschiedet hat. Das war um Viertel nach acht. Er wollte in sein Hotel, um sich frisch zu machen und danach, nun ja, irgendwo vernünftig essen zu gehen. Wir hatten eine Suite im *Schwarzen Raben* für ihn gebucht. Mit Burgblick. Es ist mir völlig schleierhaft, warum er ...« Krafcik verstummte.

»Wer war zu dieser Zeit noch im Haus?«

»Oh, äh ... einige.«

»Wer genau?«

Krafcik strich sich durch den Bart. Offenbar überlegte er, ob dies noch ein Gespräch oder schon eine Befragung war, und wie er damit umgehen sollte. »Sie und Ihr Kollege waren schon gegangen«, sagte er schließlich. »Inga und Arn Axel haben sich noch eine Weile am Jurorentisch unterhalten, die Wanderschäfer haben ihren Hauptgang vorbereitet. Die Damen hatten gestern Putzdienst ... Und, ach ja: Im Nebenzimmer haben ein paar Rauschgoldengel ihren Einzug ins Halbfinale gefeiert. Ab und an kam einer in die Küche geflattert, um mir eine Flasche Prosecco aus den Rippen zu leiern.« Krafcik lächelte.

»Klingt, als wäre es spät geworden.«

»Halb so wild, eigentlich. Zwanzig nach neun hab ich den Laden zugesperrt.«

»In der Annahme, dass niemand mehr im Haus ist.«

»Natürlich.«

»Wann sind denn die anderen gegangen?«

Der Servicechef rückte seine Krawatte zurecht. »Arn Axel ist um halb neun aufgebrochen, Inga etwa eine halbe Stunde später ... Sie hat zuvor noch die Rauschgoldengel eingesammelt und ein Taxi gerufen, damit die Mädels gut nach Hause kommen. Die hatten ordentlich einen im Krönchen.«

»Das Damenteam? Die Wanderschäfer?«

»Ich weiß nur, dass die Damen die Letzten waren – ich hab sie persönlich zum Ausgang begleitet, bevor ich die Jalousien heruntergelassen, die Alarmanlage aktiviert und die Tür von außen zugesperrt habe.« Krafcik schüttelte den Kopf. »Wenn ich geahnt hätte ...«

»Hinterher ist man immer schlauer«, sagte Kastner.

*

»Wer wird die Ermittlungen leiten?«

»Gute Frage«, sagte Polizeiobermeisterin Claudia Wolfschmidt. »Wismeth hat ein Personalproblem – die Hälfte seiner Ermittler ist im Weihnachtsurlaub, die andere liegt mit Grippe im Bett. Was hat dich eigentlich geritten, bei diesem Kochwettbewerb mitzumachen?«

»Das ist eine längere Geschichte. Sag mal – kannst du mir die Ergebnisse der Rechtsmedizin und der Kriminaltechnik zukommen lassen, sobald sie vorliegen?«

Claudia schwieg eine Weile. Im Hintergrund waren Kinderstimmen und das Klappern von Geschirr zu hören.

»Das kann mich in Teufels Küche bringen, Kastner. Wenn Wismeth das spitzkriegt ...«

»Ich werde die Angelegenheit diskret behandeln«, versprach er.

»Die Autopsie ist für morgen Vormittag angesetzt. Was die Spurensicherung angeht ... Martina Götz macht bis Heilig-Drei-König eine Trekkingtour durch den indonesischen Dschungel, ihre Urlaubsvertretung Heiner Böhlke macht Dienst nach Vorschrift. Er hat mir immerhin verraten, dass die Innenseite der Kühlraumtür mit den Finger-, Hand- und Fußabdrücken des Opfers regelrecht übersät war.«

»*Fußabdrücken?*«

»Schuhabdrücken, um genau zu sein. Vier von Glauber-Butterscheidts Zehen waren gebrochen, offenbar hat der Mann energisch gegen die Tür getreten, um sich bemerkbar zu machen. Er hat auch versucht, das Glasfenster einzuschlagen, aber – no way, das ist Panzerglas. In der schlossseitigen Türritze hat man abgebrochene Fingernägel und Blut gefunden.«

»Verdammte Schonkost!«, entfuhr es Kastner.

»Ja, man will sich das lieber nicht im Detail vorstellen«, gab Claudia zu.

»Warum hat er nicht den Notruf gewählt?« Kastner dachte an das Mobiltelefon, das in einem von Glauber-Butterscheidts Schuhen gesteckt hatte. »Gibt es da unten keinen Empfang?«

»Der Empfang ist mäßig, aber das spielt in diesem Fall nur eine akademische Rolle«, sagte Claudia. »Spielentscheidend war der Ladestand von Glauber-Butterscheidts Handy: Der Akku war leer. Und seine Smartwatch hat leider keine Notruffunktion ...« Es raschelte und rauschte, Claudias Stimme wurde leiser. »Jannik? Wenn du weiter auf den Tisch trommelst wie ein Affe auf Koks, geb ich dich zur Adoption frei! Vielleicht verteilst du schon mal die Pfannkuchen, Sofie? Ich bin gleich da.«

»Ich störe euch beim Abendessen«, riet Kastner.

»Was mich beim Abendessen am meisten stört, ist das Aufmerksamkeits-Defizit-Syndrom meines Sohnes«, stöhnte Claudia. »Wo waren wir?«

»Bei der Spurenlage. Irgendwelche Fingerabdrücke auf der Außenseite der Tür? Auf dem Türhebel?«

»Ja, sicher. Böhlke meint, der Abgleich wird sich hinziehen, aber ich werde ihm ein bisschen Dampf machen.«

»Und das ist alles? Mehr wissen wir nicht?«

»Nur eins noch: Man kann dein bevorzugtes Sternerestaurant jederzeit verlassen, aber man kommt nur sehr schwer rein. Man muss klingeln und artig warten, bis der diensthabende Offizier eine Gesichtskontrolle durchgeführt, sensible Daten abgeglichen und gnädig den Türsummer bedient hat. Und da es keinerlei Einbruchsspuren gibt ...«

»... ist die Liste der Verdächtigen relativ kurz«, schloss Kastner. »Du bist gut drin in dem Fall.«

Claudia lachte. »Vergiss es! Meine Kinder haben Weihnachtsferien – sie erwarten zu Recht, dass ich mit ihnen Plätzchen backe, Christbaumschmuck bastle und Lichterketten aufhänge. Und genau das werde ich tun.«

*

»Das ist eine hochprekäre Situation«, befand Polizeidirektor Wismeth. »Ich habe meine beiden besten Ermittler direkt vor Ort, muss sie aber wie Verdächtige behandeln. Ich habe da keinen Spielraum, das verstehen Sie doch, Kastner?«

»Vollkommen.«

»Um mal ganz privat zu reden: Wie schätzen Sie die Lage ein? Halten Sie ein Zusammentreffen unglücklicher Umstände für möglich?«

»Prinzipiell: ja. Als ich gestern im Keller war, stand die Kühlraumtür eine Handbreit offen. Unter anderen Umständen hätte ich sie vielleicht zugezogen und verriegelt, ohne groß darüber nachzudenken. Und da es, entgegen der Vorschrift, keine Notfallentriegelung gibt ...«

»Ah!«

»Andererseits ...«

»Andererseits?«

»Der Kühlraum ist recht übersichtlich, in die Tür ist ein Fenster eingelassen. Sofern man sich nicht gerade bewusst versteckt oder es versäumt, das Licht einzuschalten ...«

»Hm«, machte Wismeth. »Haben Sie ... hat der KDD überprüft, wie viel Licht durch das Fenster in den Kühlraum fällt, wenn das Kellerlicht brennt? Vielleicht genügt das ja, um sich grob zurechtzufinden. Unter uns gesagt: Ich mache zu Hause auch nicht immer das Licht an, wenn ich nachts mal aufs Klo muss.«

»Man kennt sich im eigenen Bad meist besser aus als in einem fremden Kühlraum«, gab Kastner zu bedenken, nachdem er sich von dem unverhofften Einblick in das Privatleben des Polizeidirektors erholt hatte. »Außerdem ist unklar, was Glauber-Butterscheidt dort überhaupt zu suchen hatte. Der Mann war Juror. Er hatte seinen Auftritt und anschließend ein kollegiales Kritikgespräch bei drei oder vier Schoppen Frankenwein, das ihn, meines Erachtens, kein bisschen aus der Bahn geworfen hat ... Warum ist er danach in den Keller gegangen anstatt in sein Hotel? Um sich an der Schulter einer halben Kuh mal so richtig auszuweinen?«

»Jaja, ich verstehe. Da sind Fragen offen, die wir klären müssen. Leider ist meine Personaldecke jahreszeitlich bedingt dünn – es wird wohl auf Rollfeld rauslaufen.«

Kastner war eine Weile sprachlos. Wismeth war nicht dumm, man musste ihn kaum darauf hinweisen, dass Glauber-Butterscheidt zwar in einem Restaurant, aber nicht an einer Salmonellenvergiftung gestorben war. »Ich habe mit Claudia Wolfschmidt telefoniert«, gestand er. »Sie ...«

Wismeth machte ein Geräusch, das schwer zu deuten war. »Bevor Sie weiterreden, Kastner: POM Wolfschmidt hat hundertsechzig Überstunden und über die Feiertage Urlaub. Und falls sie Ihnen vertrauliche Informationen weitergeleitet hat, will ich es nicht wissen: Offiziell sind Sie ein Verdächtiger und haben mit diesen Ermittlungen nichts, aber schon rein gar nichts zu tun. Verstehen wir uns?«

»Absolut, Herr Polizeidirektor. Und, äh – schöne Weihnachten.«

Wismeth seufzte.

*

Es war schon spät, als Kastner Mirjams Handynummer wählte. Sie ging nach dem ersten Läuten ran. Im Hintergrund waren Stimmen und lautes Lachen zu hören, untermalt von Madonnas *Like a Virgin*.

»Habe ich dich geweckt?«, fragte er.

»Was? Nein, wir sitzen an der Bar und gönnen uns ein paar Cocktails. Rolf hat Geburtstag.«

Wer, zur Hölle, ist Rolf? wäre eine naheliegende Frage gewesen.

»Warum rufst du an?«, erkundigte sich Mirjam. »Ist irgendwas passiert?«

»Nein, alles gut. Ich wollte vor dem Schlafengehen nur deine Stimme hören.« Eigentlich hatte er mit ihr über den Toten im Kühlraum reden wollen, aber die Nachricht vom

Ableben des Münchener Starkochs war in Sachsen offenbar noch nicht angekommen, und er wollte sie nicht beunruhigen – sie sollte ihren Kurzurlaub genießen, ohne befürchten zu müssen, dass er über die Weihnachtsfeiertage wegen offizieller oder inoffizieller Ermittlungen ausscherte und alles Private ihr überließ.

»Was macht der Kochwettbewerb? Wie läuft's mit Wernreuther?«

»Ich lerne viel«, sagte Kastner. »Wusstest du, dass das, was wir zu Hause salopp einen groben Würfel nennen, in Wahrheit nicht einmal ein Quader ist? Die Küchengeometrie legt bei Würfeln Wert auf exakt rechte Winkel und exakt gleiche Kantenlängen, man unterscheidet vier Größen: Brunoise, Jardinière, Macédoine ...«

Kastner hörte in Sachsen einen Sektkorken knallen und eine tiefe Männerstimme, die Mirjams Namen rief.

»Lass uns morgen reden, okay?«, sagte sie. »Ich ruf dich an.«

Sonntag, 22. Dezember. Dessert

(1) Maronen-Bratapfel-Tartelette mit Salzbutter-Karamell und kandierten Kumquats
(2) Warme Brownie-Muffins und Lebkuchenparfait auf Schlehen-Rotwein-Spiegel
(3) Schmalzkrapfen mit Rotweinquitten und Kokos-Cremoso

*

Kastner war kein Dessert-Typ. Er aß gerne deftig, und wenn es um den Nachtisch ging, zog er einen würzigen Bergkäse, garniert mit ein oder zwei knackigen Gewürzgurken, jeder Süßspeise vor. Was nicht hieß, dass er Süßes generell ablehnte: Mit einem Kaiserschmarrn, einem klassischen Tiramisu oder einem in Zimtbutter geschwenkten Zwetschgenknödel konnte man ihn durchaus hinter dem Ofen hervorlocken.

»Es müssen drei Komponenten sein«, erklärte Wernreuther das Motto des letzten Entscheidungstages. »Wir interpretieren das klassisch: Etwas Warmes, etwas Kaltes, etwas Fruchtiges – damit liegt man immer richtig, sagt Theo.«

Kastner nickte ergeben.

»Hast du den Zeitplan im Kopf? Wir fangen mit dem Lebkuchenparfait an, das muss im Gefrierschrank ein paar Stunden durchfrieren. Die Brownies backen wir just in time – der Schokokern muss flüssig sein, wenn serviert wird ... Ich, äh, würde in der Zwischenzeit schnell mal einen Abstecher zu Theo machen.«

»Wie meinst du das?«

»Theo hat einen acht Jahre im Eichenfass gereiften fränkischen Rotweinsherry im Weinkeller, der sich hervorragend als Dessertwein eignen würde.«

Kastner glaubte sich verhört zu haben. »Du willst nach Mainfranken fahren, nur um ein Fläschchen Sherry zu holen?«

»Ein Fläschchen Sherry vom Weingut Bahlke«, sagte Wernreuther, als würde das die Sachlage grundlegend ändern. »Keine Angst – bis es an die Brownies geht, bin ich längst wieder da. Ich fahre sportlich, wie du weißt.«

So viel zum Thema kurze Wege, dachte Kastner, erkannte jedoch sofort die Vorteile, die sich aus Wernreuthers Sonntagsausflug ergaben. Er beschloss, die unverhoffte Freizeit für ein paar rein private und äußerst diskrete Gespräche zu nutzen.

*

KK Jochen Rollfeld, ein schnauzbärtiger Blondschopf Anfang dreißig, der wegen seiner Vorliebe für Cowboystiefel und fransenbesetzte Lederjacken im Präsidium *Little Joe* genannt wurde, nahm seine Aufgabe ernst. Er befragte die Mitarbeiter der *Muskatblüte* von der Küchenchefin bis zur Putzkraft, die Juroren, die Finalisten einschließlich Kastner und Wernreuther und jeden einzelnen Rauschgoldengel.

»Gut, dass ich da nicht in der Jury bin«, feixte er. »Ich würde keine von denen von der Bettkante schubsen.«

»Ja. Gut, dass du da nicht in der Jury bist«, stimmte Kastner zu. »Was hat deine Befragung ergeben?«

Rollfeld machte eine ausweichende Geste. »Nichts Bahnbrechendes, vorerst.«

»Liegt das Obduktionsergebnis schon vor?«

Rollfeld zwirbelte seinen Schnauzer. »Der Mann ist erfroren. Es gibt schlimmere Arten zu sterben, sagt die Rendlick:

Offenbar gaukelt einem das eigene Gehirn am Ende vor, man läge am Strand eines tropischen Meeres.«

»Ich persönlich würde lieber an Altersschwäche sterben. Zu Hause im Bett.«

»Tja. Man kann sich's nicht aussuchen.«

»Was sagt Dr. Rendlick sonst noch?«

»Was die Leiche im Magen hatte, weißt du ja selber«, feixte Rollfeld. »Ansonsten scheint sich der Herr Molekularkoch nicht ausschließlich von Algenkaviar ernährt zu haben, oder was diese Freaks sonst so in ihren Petrischalen züchten ... Er hatte verkalkte Arterien, beginnenden Diabetes und Bluthochdruck. Dafür, sagt die Rendlick, hat sein Herz erstaunlich lange durchgehalten.«

»Äußere Verletzungen? Alkohol, Medikamente, Drogen?«

Rollfeld trat von einem Fuß auf den anderen. »Ich hab mich um diesen Fall echt nicht gerissen, Kastner, trotzdem klebt er mir jetzt am Hacken. Und du weißt, was das heißt: Ich stelle Fragen, du gibst Antworten. Nicht andersrum.«

*

Claudia, die Kastner kurz darauf anrief, war auskunftsfreudiger: »Gut zwei Promille, Betablocker und genug Koks, um sich für die Krone der Schöpfung zu halten.«

»Das erklärt manches.«

»Die Betablocker hat ihm sein Hausarzt gegen den Bluthochdruck verschrieben, das Kokain hat er sich vermutlich eingepfiffen, um Nebenwirkungen wie Müdigkeit oder Erektionsprobleme auszugleichen. Zusammen mit Alkohol ist das eine brisante Mischung, die zu erhöhter Reizbarkeit, Selbstüberschätzung und Wahrnehmungsstörungen bis hin zu Halluzinationen führen kann. Little Joes Arbeitshypothese sieht so aus: Glauber-Butterscheidt will gehen, verfehlt im Drogenrausch den Ausgang und verläuft sich in den Keller. Dafür spricht, dass er seinen Mantel anhatte – zumindest anfangs, später hat er sich ja nackig gemacht.«

»Die Eingangstür befindet sich direkt neben der Garderobe, keine fünf Schritte vom Gastraum entfernt«, merkte Kastner an. »Um in den Kühlraum zu gelangen, muss man am Nebenzimmer vorbei bis zum Ende des Flurs gehen und zwanzig Stufen hinuntersteigen – wie zugedröhnt kann man sein?«

»Wenn es nach den Blutwerten geht, war der Mann faktisch unzurechnungsfähig.«

»Hm. Glauber-Butterscheidt steht also plötzlich im Keller, verwirrt, desorientiert und ohne Ladekabel ... Wie geht Little Joes Geschichte weiter? Unser Starkoch strandet im Kühlraum, und noch bevor ihm dämmert, dass er in einer Sackgasse steckt, kommt zufällig jemand vorbei und verriegelt die Tür von außen, weil er sich Sorgen wegen der Stromrechnung macht?«

»So in etwa«, sagte Claudia. »Damit wären Mord und Totschlag schon mal vom Tisch, und grobe Fahrlässigkeit ist vor Gericht immer schwer zu beweisen. Auch wenn wir rauskriegen, *wer* die Tür verriegelt hat, wird der Staatsanwalt vermutlich keine Anklage erheben.«

Damit lag sie richtig. Kastner – prinzipiell froh, in einem Rechtsstaat leben zu dürfen – hielt das deutsche Justizsystem in einigen Punkten für optimierungsfähig. Dass die Erfolgsaussichten (sprich: die im Falle des Scheiterns zulasten der Allgemeinheit anfallenden Kosten) eines Verfahrens mehr wogen als Wahrheitsfindung und Gerechtigkeit, war einer davon. »Kommt da noch ein *aber?*«, hakte er nach.

Claudia ließ sich nicht lumpen. »Little Joes Szenario steht und fällt mit der These, dass Glauber-Butterscheidt am Abend seines Todes komplett neben der Spur war. Dr. Rendlick hat jedoch aus seinen Eingeweiden gelesen, dass er gewohnheitsmäßig gekokst und getrunken hat – so einer erklärt dir noch die Relativitätstheorie, während andere schon auf allen vieren durch die Notaufnahme kriechen.«

»Danke für die Informationen.«

Claudia schwieg eine Weile. »Wismeth hat mich gebeten, Rollfeld vom Homeoffice aus bei den Ermittlungen unter die Arme zu greifen.«

»Freut mich zu hören. Äh ... was sagen deine Kinder dazu?«

»Sie sind *not amused*. Jannik hat es weniger diplomatisch ausgedrückt.«

»Ja, das kann ich mir vorstellen.«

»Ich hab den beiden ein Bündel Strohhalme, ein Bügeleisen und eine Tube Sekundenkleber in die Hand gedrückt. Das sollte ein Zeitfenster von knapp zwei Stunden ergeben, in dem ich Glauber-Butterscheidts Hintergrund recherchieren und nach Verbindungen zwischen ihm und den potenziell Verdächtigen suchen kann. Ich melde mich, sobald ich was Neues weiß.«

»Danke«, wiederholte Kastner. »Sag mal – habt ihr für den ersten Feiertag schon Pläne fürs Abendessen?«

»Wir wollen Pizza backen. Warum fragst du?«

»Falls Wernreuther und ich das Ding hier gewinnen, dürfen wir Freunde und Verwandte zum Weihnachtsdinner in die *Muskatblüte* einladen. Da ist bestimmt noch ein Platz frei.«

»Das klingt verlockend, aber ich müsste die Kinder mitbringen. Was sagt Felix dazu?«

»Er würde sich freuen«, behauptete Kastner.

*

»Ist der Cowboy ein Kollege von euch?«, erkundigte sich Justin mit Blick auf Rollfeld flüsternd. »Er ist ja echt niedlich, aber er steht dauernd im Weg und stellt Fragen – ich kann so nicht arbeiten!«

»Er macht nur seinen Job«, sagte Kastner.

»Er hat nach unseren Alibis gefragt und unsere Fingerabdrücke abgenommen! Da fühlt man sich gleich wie ein Verbrecher, dabei waren Malte und ich zur fraglichen Zeit nicht mal in der Nähe des Kühlraums!«

»Was genau meinst du mit *zur fraglichen Zeit*?« Auch wenn der Tatzeitraum dank der Smartwatch des Opfers eingrenzbar war, hoffte Kastner, dass Rollfeld sich diesbezüglich nicht verplappert hatte. Man konnte ein Alibi auch abfragen, ohne gleich alle Karten auf den Tisch zu legen. Und Täterwissen preiszugeben.

Justin lief rot an. »Na ja, ähm, ich meine ... Malte war am Freitag nach der Jury-Entscheidung gar nicht mehr im Keller, und ich nur einmal – um die Hammelschulter aus dem Kühlraum zu holen. Wir sind uns auf der Treppe begegnet, du erinnerst dich? Als ich wieder hochkam, saß Glauber-Butterscheidt noch mit Inga und Drehermann am Tisch und hat Frankenwein gepichelt.«

»Das war kurz nach sieben«, bestätigte Kastner, nachdem er es im Kopf überschlagen hatte. »Ihr habt die Hammelschulter anschließend entbeint und durch den Fleischwolf gedreht?«

»Ja. Genau.«

»Und dann?«

»Na ja, dann haben wir das Hack mit Zwiebeln, Speck,

Knoblauch und Majoran angeschwitzt, die Kohlblätter blanchiert und die Rouladen gerollt.«

»Eure Kohlrouladen waren der Hammer«, gestand Kastner. »Wenn ich hier was zu sagen hätte, wärt ihr gestern als Tagessieger nach Hause gegangen ... Was habt ihr mit den Rouladen gemacht, nachdem sie gerollt waren? Ich schätze, ihr habt sie über Nacht kühl gestellt?«

Justin runzelte die Stirn und knabberte an der Nagelhaut seines linken Daumens.

»Was soll die Fragerei eigentlich?«, mischte Malte sich ein. »Wenn ich mich recht erinnere, seid ihr hier genauso verdächtig wie jeder andere. Wann wart *ihr* denn am Freitag zuletzt im Keller?«

»Ich habe den Schweinskopf aus dem Kühlraum geholt – *bevor* ich Justin auf der Treppe begegnet bin«, gab Kastner Auskunft. »Wir haben ihn mariniert und vakuumiert und nebenher Fleischbrühe gekocht. Um acht bin ich gegangen.«

»Klar, aber wohin? Nach Hause? Oder wieder in den Keller? Niemand weiß es. Dagegen weiß jeder, dass euer Schweinskopf Glauber-Butterscheidts langwieriges Sterben quasi durch die Marinade mitangesehen hat ... Du hast die Leiche ja gefunden, als du ihn gestern raufholen wolltest.«

»*Ich* habe den marinierten Schweinskopf am Freitagabend runter in den Kühlraum gebracht«, meldete Wernreuther. »Das war keine fünf Minuten, nachdem Kastner gegangen war, und ich habe da unten weder Glauber-Butterscheidt noch eure Kohlrouladen angetroffen.«

Malte zuckte die Achseln. »Was die Kohlrouladen angeht, glaube ich das gern. Die haben die Nacht nämlich hier oben in der Küche verbracht, im Kühlschrank. Stimmt's, Justin?«

Justin nahm den Daumen aus dem Mund und nickte.

*

»Ob unser Kapaun von Freitag auf Samstag im Kühlraum lag? Interessiert dich das als Koch oder als Kommissar?«, fragte Zarahída schnippisch.

»Ich würde es menschliche Neugier nennen. Was ist mit dir? Fragst du dich nicht, wer Glauber-Butterscheidt im Kühlraum eingesperrt hat? Und warum?«

»Nein. Wozu? Was würde das ändern? Es war ein Versehen, schätze ich, und das arme Schwein, das im Vorbeigehen die Tür verriegelt hat, macht sich deswegen bestimmt schon selber genug Vorwürfe.«

»Und wenn es jemand anderen getroffen hätte? Mich, dich, deine Mutter?«

Zarahída schob das Kinn vor. »Es hat aber Glauber-Butterscheidt getroffen. Schlechtes Karma, vermutlich.«

»Wir waren am Freitagabend zuletzt gegen halb sieben im Keller, gleich nach der Juryentscheidung«, sagte Zarah, die dem Gespräch bisher stumm gelauscht hatte, mit ruhiger Stimme. »Das ist es doch, was du wissen willst? Wir haben ein Suppenhuhn und einen Beutel mit Hähncheninnereien aus dem Kühlraum geholt, und aus dem Gemüsekeller zwei Bund Suppengrün für unseren Geflügelfond. Den Kapaun haben wir am Samstagmorgen beim Geflügelzüchter abgeholt, frisch geschlachtet, gerupft und ausgenommen.«

»Ihr seid am Freitag als Letzte gegangen?«

Zarah nickte. »Abgesehen von Karel Krafcik.«

»Wir haben stundenlang die Küche geschrubbt«, meldete sich Zarahída wieder zu Wort. »Dafür gibt es Zeugen: die Wanderschäfer, Inga, Drehermann, Krafcik – einer von denen war immer im Raum. Kurz vor halb zehn hat uns der

Servicechef persönlich hinausbegleitet ... Reicht das als Alibi, *Herr Kommissar?*«

Kastner ließ sich von ihrem gereizten Ton nicht aus der Ruhe bringen. »Irgendeiner war immer im Raum? Demnach waren nicht immer alle im Raum?«

Zarahída zuckte die Achseln. »Ich habe keine Anwesenheitsliste geführt.«

»Natürlich waren nicht immer alle im Raum«, half ihre Mutter aus. »Jeder von uns war mal austreten; Inga und Herr Drehermann vielleicht ein wenig öfter – kein Wunder bei dem, was sie getrunken hatten. Und Karel Krafcik ...«

»Ja?«

»Er war zwischendurch eine ganze Weile weg. Ich glaube, er ist errötend den Spuren des einen oder anderen Rauschgoldengels gefolgt ...« Zarah schmunzelte. »Die Mädels haben ihn gnadenlos angeflirtet. Wahrscheinlich wollten sie nur den Preis für die nächste Flasche Prosecco drücken, aber wer weiß? Vielleicht hat er sich Chancen ausgerechnet.«

Sieh an, dachte Kastner und nahm sich vor, das im Hinterkopf zu behalten. »Ihr beide wart also am Freitagabend die Letzten hier. Und am Samstagmorgen die Ersten?«

»Abgesehen von Karel Krafcik«, sagte Zarah. »Und bevor du fragst: Ja, wir haben an dem Morgen gegen acht Uhr ein paar Zutaten aus dem Gemüsekeller geholt, aber keine von uns war im Kühlraum. Und wir haben da unten auch nichts gehört, keine seltsamen Geräusche oder Hilferufe oder ... was auch immer.«

*

Inga Schiffer machte einen angeschlagenen Eindruck – sie war blass, unter ihren Augen lagen dunkle Schatten. Kastner passte sie ab, als sie sich mit einer Tasse Espresso an den Küchentresen setzte und ihren Laptop aufklappte.

»Besprich das bitte mit Karel«, bat sie und hielt sich symbolisch die Ohren zu, als er nach der optimalen Kühltemperatur für ein Lebkuchenparfait fragte. »Als Jurorin darf ich euch keine Tipps geben. Genaugenommen darf ich nicht mal wissen, was ihr zubereitet ... Ich muss unparteiisch sein.«

»Klar. Da hätte ich auch selber draufkommen können.«

Inga lächelte, die grauen Augen unverwandt auf den Bildschirm ihres Laptops gerichtet. Eine Excel-Tabelle war zu sehen, vielleicht eine Bestellliste, vielleicht ein Menüplan. Sie scrollte flink durch die Zeilen und Spalten und setzte wahlweise Häkchen oder Ausrufezeichen.

Kastner verfügte über genug Empathie, um zu wissen, wann er störte. Privat mied er derlei Situationen geflissentlich, beruflich hatte sich das Gegenteil bewährt ... Er zog einen Barhocker heran und setzte sich neben Inga, wobei er die persönliche Distanzzone von fünfzig Zentimetern bewusst unterschritt. »Wenn du mir die Bemerkung gestattest: Du siehst ziemlich mitgenommen aus. Wäre es unter den gegebenen Umständen nicht klüger gewesen, den Wettbewerb abzubrechen?«

Ein vages Schulterzucken. »Wir hatten uns eine andere Art von Schlagzeilen für die *Muskatblüte* erhofft, so viel ist sicher. Aber wir müssen die Entscheidung der Veranstalter respektieren. Es geht hier um viel Geld.«

»Übertragungsrechte? Sponsorenverträge? Ausfallklauseln?«

Inga nickte, ohne den Blick zu heben.

»Kanntest du Stefan Glauber-Butterscheidt gut?«

»Ich bin ihm am Donnerstag zum ersten Mal begegnet.«

»Du und deine Kollegen, ihr habt am Freitagabend nach der Entscheidung lange mit ihm geredet. Worüber?«

Inga seufzte, klappte aber höflich ihren Laptop zu. »Wir haben ihn diplomatisch darauf hingewiesen, dass man Kritik auch konstruktiv und wertschätzend äußern kann.«

»Und? War er einsichtig?«

»Ich fürchte nein.«

»Wann ist er gegangen?«

»Ich hab nicht auf die Uhr gesehen. Karel sagt, es war etwa Viertel nach acht.«

»Welchen Eindruck hat er gemacht?«

Inga sah ihn fragend an. Kastner erzählte ihr von dem Drogencocktail, den man in Glauber-Butterscheidts Blut gefunden hatte. »Konnte er sich noch klar artikulieren? Hat er geschwankt? Wirkte er desorientiert?«

»Er wirkte genervt, auf eine aggressive Art. Er war laut und hat nicht zugehört, und wenn es jemand gewagt hat, einen seiner ellenlangen Monologe zu unterbrechen, war er sofort beleidigt. Andere Ausfallserscheinungen sind mir nicht aufgefallen. Allerdings kann ich bestätigen, dass er einiges getrunken hatte ... Ich hab irgendwann eine Flasche Wasser auf den Tisch gestellt, aber Arn Axel ...« Sie verstummte.

»Arn Axel ...?«

Inga strich mit den sauberen, pragmatisch kurz geschnittenen Fingernägeln ihrer rechten Hand über den polierten Beton des Küchentresens. »Arn Axel hat behauptet, ein Thüngersheimer Bischofsberg würde erst in Kombination mit einem Pretzfelder Wildkirschbrand zum wahren Genuss. Ich hab mich da rausgehalten, aber die Herren haben einige Kurze gekippt.«

»Drehermann ist dir in den Rücken gefallen?«

Das brachte Inga aus dem Konzept. »Was? Nein! Arn Axel fand Stefans Auftritt genauso befremdlich wie jeder andere ... Wahrscheinlich hat er gehofft, dass sich die Situation nach ein paar Runden Schnaps irgendwie entspannen würde.«

»Ein Plan, der nicht aufgegangen ist«, riet Kastner. »Worüber hast du mit Drehermann gesprochen, nachdem Glauber-Butterscheidt gegangen war?«

Inga dachte nach, ehe sie antwortete. »Arn Axel kennt Stefan seit fast dreißig Jahren. Bevor Stefan nach München gegangen und mit dem *MunicTaste* durchgestartet ist, haben die beiden ein halbes Jahr lang im selben Nürnberger Restaurant gearbeitet ... Arn Axel als Jungkoch, Stefan als Chef de Partie. Das war eine Zeit, in der Lehrlinge und Jungköche von den höheren Rängen nicht nur herumkommandiert und angeschrien, sondern auch noch geohrfeigt wurden ... Man kann sich das heutzutage gar nicht mehr vorstellen.«

Eine unvergessliche Erfahrung. Eine Erinnerung, die bleibt. »Demnach waren die beiden keine Freunde?«

Inga stutzte, als falle ihr gerade erst auf, mit wem sie sprach und was sie gerade gesagt hatte.

»Das alles ist eine Ewigkeit her«, wiegelte sie ab. »Arn Axel hat seinen Weg gemacht. Er ist keiner, der sich die Butter vom Brot nehmen lässt, und an Selbstbewusstsein konnte er es schon immer mit jedem aufnehmen – sogar mit einem Ego vom Kaliber eines Stefan Glauber-Butterscheidt.«

»Ja«, stimmte Kastner zu. »Den Eindruck macht er durchaus.«

*

An die vor Jahren erlittenen Demütigungen erinnert zu werden, missfiel Drehermann sichtlich.

»Haben Sie das von Inga?«, fragte er verärgert. »Ich dachte, wir hätten ein vertrauliches Gespräch unter Kollegen geführt. Da lag ich wohl falsch.«

»Inga hat nichts Schlechtes über Sie gesagt«, versicherte Kastner. »Im Gegenteil – sie hat Sie in Schutz genommen.«

»In Schutz genommen? Wovor?«

Kastner ließ die Frage unbeantwortet.

»Sie denken, dass *ich* Stefan in den Kühlraum gesperrt habe? Weil er mich vor dreißig Jahren einen Stümper genannt hat, der kaum dazu taugt, Gemüse in Würfel von fünf Millimetern Kantenlänge zu schneiden?«

»Hat er das?«

Drehermann schnaubte. »Hat Inga Ihnen auch erzählt, dass sich ihr Vater vor acht Jahren von einem Felsen in der Hersbrucker Alb in den Tod gestürzt hat?«

»Äh – nein? Warum hätte sie mir das erzählen sollen?«

»Sie sind der Kommissar.« Er verschränkte trotzig die Arme vor der Brust. »Vielleicht finden Sie's ja raus?«

*

Die Rauschgoldengel bereiteten sich auf ihr Halbfinale vor: Im Nebenraum wurde geschminkt, geföhnt und zurechtgezupft; alles glitzerte golden.

»Haben Sie einen Presseausweis? Stehen Sie auf der Gästeliste?«, fragte der junge Mann, der den Eingang bewachte. Er verfügte über eine natürliche Arroganz, einen tätowierten Bizeps und definierte Bauchmuskeln, die durch ein körpernah geschnittenes, halbtransparentes T-Shirt anschaulich betont wurden.

Kastner verneinte.

»Dann müssen Sie leider draußen bleiben.« Der Jüngling stellte das Bein aus, eher eine Geste als ein ernsthaftes Hindernis.

»Du kannst ihn reinlassen, Boris«, sagte einer der Rauschgoldengel. »Ich kenne ihn.«

Es war die Brünette, die am Samstag weinend auf der Kellertreppe gesessen hatte. Kastner war überrascht, sie zu sehen. »Also haben Sie es doch ins Halbfinale geschafft?«

Sie zwinkerte kokett. »Wundert Sie das? Ich bin mit Abstand die Hübscheste hier, finden Sie nicht?«

Kastner war geneigt, ihr recht zu geben. Auch die anderen Mädchen hätten auf jeder Titelseite eine gute Figur gemacht, aber seine Freundin strahlte an diesem Tag so viel positive Energie aus, dass sie die Konkurrenz locker in den Schatten stellte.

»Luise Hecht – Luise!«, stellte sie sich vor. »Sie machen bei dieser Kochshow mit, stimmt's? *Die kochenden Kommissare* ... Wir sind hier alle Fans, bis auf die Veganer natürlich. Die Performance mit dem brennenden Schwein war echt krass! Vielleicht können wir ja morgen miteinander auf unseren Sieg anstoßen? Ich weiß zufällig, wo Barbarossa den richtig teuren Schampus gebunkert hat ...« Sie plauderte munter weiter, bis Kastner ihr ins Wort fiel.

»Sie haben sicher mitbekommen, dass man gestern eine Leiche gefunden hat? Unten, im Kühlraum?«

»Ja, freilich. Vorhin war ein Kommissar Rollfeld hier – ein Kollege von Ihnen? Der hat hier den ganzen Betrieb aufgehalten und uns alle verhört, wie im Krimi. Aber wir haben von der ganzen Sache nix mitgekriegt.«

»Sie haben am Freitagabend bestimmt noch die eine oder andere Zigarette auf der Kellertreppe geraucht?«

Luises lackschwarze Wimpern flatterten wie Schmetterlingsflügel. »Ich rauche nicht!«, beteuerte sie und hob die Finger zum Meineid. »Die Jury sucht eine Miss mit Vorbildfunktion, und offenes Feuer ist im gesamten Gebäude strikt verboten.«

»Haben Sie am Freitagabend zwischen acht und neun jemanden in den Keller gehen sehen? Oder heraufkommen?«

»So ein drahtiger Blonder hat wegen der Kippenstummel rumgemeckert. Hey – ich glaube, das war Ihr Kochpartner?« Sie beschrieb Wernreuther. »Er kam die Treppe hoch, als ich mir gerade eine anstecken wollte. Ich hab gesagt, ja, das ist echt eine Sauerei, und dass ich mit Boris ein ernstes Wörtchen drüber reden würde.«

»Sie lügen recht gewandt, Luise.«

»Das nehm ich mal als Kompliment«, strahlte die junge Frau. »Haben Sie schon mal versucht, einen ganzen Tag lang ausschließlich die Wahrheit zu sagen? Sie hätten am Abend keine Freunde mehr.«

Der Punkt war nicht von der Hand zu weisen. »Ist Ihnen sonst noch etwas aufgefallen? Haben Sie diesen Mann gesehen?« Er zückte sein Mobiltelefon und zeigte ihr das Wikipedia-Porträt des toten Starkochs. Das Foto war gut zehn Jahre alt und professionell geschönt, aber Luise nickte.

»Das ist der, der tot im Kühlraum lag. Mein Großonkel.«

Kastner war baff. »Stefan Glauber-Butterscheidt war ein Verwandter von Ihnen?« Er setzte zu einer Beileidsbekundung an.

Luise lächelte gerührt. »Sie sind einer von den Guten, was? Ihnen zuliebe würde ich ja gern so tun, als hätte ich einen schmerzlichen Verlust erlitten, aber ehrlich gesagt hab ich den Mann gar nicht gekannt ... Anscheinend herrscht zwischen unseren Familienzweigen seit dem Aussterben der Dinosaurier komplette Funkstille, keine Ahnung, wieso. Bis Freitagabend hab ich nicht mal gewusst, dass ich einen Großonkel habe.«

»Wie haben Sie es erfahren?«

»Er stand plötzlich hier in der Tür und hat gefragt, welche von uns Luise Hecht ist und ob meine Oma Margarethe geheißen hat und eine geborene Glauber war.«

»Was wollte er von Ihnen?«

Luise hob die Schultern und ließ sie wieder fallen. »Einfach mal Hallo sagen?«

»Erinnern Sie sich an die Uhrzeit?«

Luise vergewisserte sich mit einem Blick über die Schulter, dass niemand zuhörte, und gestand flüsternd: »Ich hab ein paar Lücken, was den Abend betrifft. Wir haben es ziemlich krachen lassen, nachdem die Jury und die Presse weg waren – *Rausch*goldengel, Sie verstehen? Viele glauben ja, dass man bei einer Misswahl nur halbwegs gerade über den Catwalk laufen muss, aber in Wahrheit stehen wir total unter Druck: Lauftraining, Fitting, Haare und Make-up, Interviews, Fotos – es ist krass anstrengend, dauernd authentisch und sympathisch rüberzukommen. Nehmen Sie Elsa: Bis zum Halbfinale war sie die klare Favoritin, dann hat sie *Fuck* gesagt und schon war sie raus.« Luise zwinkerte ihm zu. »Würden Sie nicht auch *Fuck* sagen, wenn Sie in High Heels umknicken und hören, wie Ihr Band reißt?«

»Etwas Sinngleiches, vermutlich«, gab Kastner zu. »Deshalb vermeide ich es, an Misswahlen teilzunehmen ... War sie eine Freundin von Ihnen?« Er dachte an die Tränen auf der Kellertreppe.

Luise sah ihn verständnislos an.

»Elsa. Waren Sie mit ihr befreundet?«

»Niemand war mit Elsa befreundet. Sie war ne Bitch:

nach vorne zuckersüß, hintenrum ein intrigantes Miststück. Der ganze Cast hat ihren Rauswurf abgefeiert.«

»Hm. Um auf Ihren Großonkel zurückzukommen – hat er einen Mantel getragen, als er Sie angesprochen hat? Einen knielangen Mantel aus mitternachtsblauem Wollstoff?«

Luise wickelte eine ihrer dunklen Locken um den Zeigefinger. »Würde es Ihnen helfen, wenn er einen knielangen Mantel aus mitternachtsblauem Wollstoff getragen hätte? Dann würde ich sagen: Ja!«

»Und wenn ich nach einer Daunenjacke gefragt hätte? Oder nach einem Kurzmantel im Fischgrätmuster, mit Pelzkragen?«

»Ertappt«, lachte Luise. »In Wahrheit hab ich keine Ahnung, was er anhatte.«

*

»Ja, der war hier.« Kristina Popow – eine aschblonde Schönheit mit porzellanblauen Augen, Apfelbrüstchen und Beinen bis zum Hals, einige Jahre älter als Luise – nickte entschieden. »Der hat die Luise angequatscht, am Freitagabend.«

»Sie haben nicht zufällig auf die Uhr gesehen?«

»Nein. Aber es war zwischen Make-up und Fitting, also etwa Viertel vor sechs.«

Kastner wusste nicht, was ein Fitting war, nahm aber an, dass man erst hinterher Sekt trank. »So früh schon? Sind Sie sicher?«

»Ja, ganz sicher. Wir hatten am Freitag Viertelfinale, und Luise war nach dem Gespräch mit dem Typen komplett neben der Spur. Bei der Elimination ist sie gelaufen wie eine Mastente. Wir waren sicher, dass sie raus ist, bis Elsa das F-Wort gesagt hat.«

»Hat Luise erzählt, was der Mann von ihr wollte?«

Kristina zupfte die Träger ihres Paillettenkleidchens über den knochigen Schlüsselbeinen zurecht. »Nein. Elsa hat geschworen, er wäre der Brand-Manager von Abercrombie and Fitch, aber später kam raus, dass der bei dem Kochwettbewerb nebenan in der Jury sitzt. Sie machen da auch mit, stimmt's? Der brennende Schweinskopf ... Haben Sie das auf TikTok gesehen?« Sie zückte ihr Smartphone.

»Danke, ich war live dabei«, wehrte Kastner ab.

Kristina blinzelte verwirrt. Offenbar war sie der Ansicht, dass Live-Erlebnisse dringend der Veredelung zum Social-Media-Content bedurften, ehe sie irgendetwas wert waren.

»Haben Sie den Mann später noch einmal gesehen, Frau Popow?«

»Ja. Etwa zwanzig nach acht, draußen im Flur ... Ich war auf dem Weg in die Küche, um noch einen Prosecco zu besorgen, er kam mir entgegengelaufen. Der Typ war steinalt, klar, aber ich fand ihn trotzdem interessant: Braune Schnürschuhe von Santoni, Lederhandschuhe von Hubert Shearling, ein Mantel aus mitternachtsblauem Wollstoff – Hugo Boss, darauf würde ich wetten. Ich habe meinen besten Hüftschwung hingelegt, aber er hat mich komplett ignoriert.« Kristina verzog die rosigen Lippen zu einem Flunsch.

»Er muss blind gewesen sein«, sagte Kastner, um sie zu trösten. »Haben Sie gesehen, wo der Mann hingegangen ist?«

»Lief den Flur runter. Ich dachte, er versucht's noch mal bei Luise ... Manche stehen ja eher auf den dunklen Typ.«

Offenbar war es Kastner anzumerken, dass sein frontaler Cortex sich weigerte, zu diesen Worten Bilder hochzuladen. Kristina half ihm auf die Sprünge: »Boris Becker? Die Besenkammer? Wie ich mit dem Prosecco zurückgekommen bin, war Luise jedenfalls verschwunden, und sie ist erst wieder aufgetaucht, als uns der Drache mit den dicken Brillengläsern rausgeschmissen und in ein Taxi gesetzt hat.«

*

Kastner sprach mit drei weiteren Rauschgoldengeln, die Kristinas Zeitangaben weitgehend bestätigten. Eine der jungen Frauen hatte Glauber-Butterscheidt ebenfalls am Freitagabend im Flur gesehen, etwa fünf Minuten, bevor er an Kristina Popow vorbeigelaufen war.

»Ich bin zur Toilette gegangen«, sagte Annika Seitz, eine hochgewachsene Blondine mit Kurzhaarschnitt, kräftigem Kinn und derart weit auseinanderstehenden Augen, dass man unmöglich in beide gleichzeitig schauen konnte. »Es war Viertel neun, das weiß ich genau, weil ich zuvor zu Hause angerufen habe, um Bescheid zu sagen, dass es später wird ... Wir wollten ja noch ein bisschen feiern. Der Mann stand an der Garderobe und zog seinen Mantel an, es sah aus, als wollte er gehen. Aber als ich wieder aus der Toilette gekommen bin, war er immer noch da. Er hat mit einem von den Schäfern gestritten ... Der Größere? Der mit dem Spinnentattoo?«

»Malte?«, schlug Kastner vor.

Annika nickte. »Malte, genau. Ich bin liiert, aber die anderen Mädels fahren alle voll auf Malte ab – bis auf die Lesben, natürlich. Na ja, und jetzt steht die Frage im Raum: Sind die Jungs nun schwul, oder sind sie es nicht?«

»Da kann ich Ihnen leider nicht weiterhelfen«, gestand Kastner. »Aber ich hoffe, Sie können mir weiterhelfen: Worum ging der Streit?«

»Keine Ahnung? Der Alte hatte jedenfalls Schaum vorm Mund. Ich dachte, der platzt gleich.«

»Vielleicht haben Sie etwas aufgeschnappt? Ein Wort, eine Bemerkung – irgendetwas?«

Annika seufzte. »*Dreister Prolet, Trittbrettfahrer, versuchte Erpressung, üble Nachrede, längerer Hebel, Anwalt ...* Suchen Sie sich was aus.«

Kastner hätte sich gerne eine Notiz gemacht, aber sein schwarzes Notizbuch lag in der Schreibtischschublade seines Büros im Präsidium. Er würde es sich wohl merken müssen. »Kurz nachdem Sie den Streit beobachtet hatten, ist Kristina Popow Herrn Glauber-Butterscheidt im Flur begegnet. Sie hatte den Eindruck, dass er auf dem Weg ins Nebenzimmer ist, um noch mal mit Luise zu reden ...«

Annika schüttelte den Kopf. »Nein, hier war er nicht. Kurz vor sechs, ja, aber später nicht mehr.«

»Und Luise? War Luise hier, als Sie von der Toilette zurückgekommen sind?«

Annika dachte nach. »Nein, die war auch nicht da. Wahrscheinlich hat sie auf der Kellertreppe ein paar Kippen geraucht ... Die hat ein ernstes Suchtproblem. Wenn die Jury das spitzkriegt, fliegt sie in hohem Bogen raus.«

»Danke, Frau Seitz«, sagte Kastner. »Sie haben mir wirklich sehr ...«

»Und was diese affektierte Schnepfe Kristina angeht«, sagte Annika, »wir sind hier fast zwanzig Minuten auf dem Trockenen gesessen, bis sie endlich mit der nächsten Flasche Prosecco zurückgekommen ist. Juli ist irgendwann vor in die Küche, um nachzuschauen, wo sie bleibt, aber Lady Schlüsselbein war wie vom Erdboden verschluckt. Genau wie der Backenbart übrigens.«

»Sie meinen Karel Krafcik?« Kastner erinnerte sich an das, was Zarah ihm erzählt hatte. Wie weit würde ein Rauschgoldengel wohl gehen, um den Preis für die nächste

Flasche Prosecco zu drücken? Wie weit würde der Servicechef und stellvertretende Geschäftsführer eines Sternerestaurants wohl gehen, um daraus einen moralisch äußerst fragwürdigen Vorteil zu ziehen? Und inwieweit gingen ihn diese Dinge etwas an? Im Grunde ging ihn ja nicht einmal der Mord an Stefan Glauber-Butterscheidt etwas an.

*

Kastner rief Claudia an, um seine neuesten Erkenntnisse mit ihr zu teilen und Anregungen für weitere Recherchen zu geben. »Ich habe auch ein Update«, sagte sie. »Ich habe Heiner Böhlke so lange gestalkt, bis er die Fingerabdrücke vom Türhebel der Kühlraumtür gleich nach dem Sonntagsfrühschoppen persönlich mit dem Vergleichsmaterial abgeglichen hat. Er war schnell damit fertig: Sämtliche Abdrücke stammen von einer einzigen Person.«

»Ach was? Hm. Diese Person bin dann ja wohl ich?«

»So ist es. Jemand hat den Türhebel abgewischt. Und der Putztrupp war's nicht – der feudelt zwar täglich den Gastraum und die Toiletten, aber die Kellerräume sind nur montags dran.«

»Womit Fahrlässigkeit vom Tisch und Mord und Totschlag wieder im Rennen wären«, sagte Kastner. »Hast du sonst noch was rausgefunden?«

»Ich bin an ein paar Sachen dran. Und ich habe mehr Zeit für Recherchen als gedacht: Jannik hat sich mittels Sekundenkleber beidhändig am Küchentisch fixiert, und Sofie war von seinem Gejammer so genervt, dass sie spontan zu ihrer Schulfreundin Lena gezogen ist.«

»Du liebe Güte«, sagte Kastner und bekam umgehend ein schlechtes Gewissen. »Ich schätze, das ist meine Schuld ...«

»Jaja, schon gut. Wie läuft der Kochwettbewerb? Auf YouTube kursiert ein Schweinskopf-Clip, der mehr Likes hat als Evel Knievels Fünfundvierzigmeter-Motorradsprung in Las Vegas.«

»Jetzt übertreib mal nicht. Aber ja: Wir liegen nach dem Hauptgang knapp in Führung.«

Er hatte das Gespräch mit Claudia kaum beendet, als Wernreuther anrief.

»Felix! Wo, zur Hölle, steckst du?«

»Ich stehe auf der A3 bei Schlüsselfeld im Stau. Im Moment geht gar nix. Ich kann mir das echt nicht erklären – mein Navi hat keinen Stau gemeldet, sonst wäre ich über die B8 gefahren.«

»Wenn der Bauer nicht schwimmen kann, ist die Badehose schuld«, zitierte Kastner den Volksmund. »Warum nimmst du nicht die nächste Ausfahrt und fährst über die Käffer?«

»Weil das ein erheblicher Umweg wäre?«

»Wer sagt das – dein Navi?«

»Ja, genau.«

Kastner hörte ein anhaltendes Hupen, lautes Fluchen und abgehackte Wortfetzen. Führerschein im Lotto gewonnen, Sonntagsfahrer, Frau am Steuer ...

»Felix? Wie weit ist es von Schlüsselfeld bis nach Nürnberg? Wann kannst du hier sein?«

»Das hast du falsch verstanden, Kastner. Ich bin noch auf dem Hinweg.«

»Machst du Witze? Der Countdown läuft, wir müssen in knapp neunzig Minuten einen Schoko-Brownie mit flüssigem Kern auf einem Schlehenfruchtspiegel servieren!«

»Kein Grund, hysterisch zu werden«, befand Wernreuther. »Du hast den Kochplan, da steht alles drin. Ich komme, so schnell es eben geht.«

Die Verbindung brach ab. Kastner hinterließ einige dezidierte Nachrichten auf Wernreuthers Mailbox, dann gab er es auf und suchte nach dem Kochplan.

*

»Wo ist dein Kollege?«, fragte Zarah.

»Er muss jeden Moment hier sein«, log Kastner und blätterte nervös in der zwölfteiligen Lose-Blatt-Sammlung, die Wernreuther einen Kochplan nannte. Seitenzahlen suchte man vergebens, dafür gab es eine Menge Streichungen und schludrig hingekritzelte handschriftliche Ergänzungen. Am ehesten konnte man sich anhand der Fett- und Saucenflecken orientieren – ihre Dichte nahm, von der Vorspeise bis zum Hauptgang, an Häufigkeit zu.

»Ist das der Teig für euren Brownie?«

»Äh – ja?«

Zarah warf einen mitleidigen Blick auf den zähen Klumpen, der sich um den Knetaufsatz des Handrührgeräts gewickelt hatte. »Darf ich?«, fragte sie und kippte den Batzen in den Müll. In weniger als zehn Minuten hatte sie einen neuen Teig angerührt, die Zartbitterschokolade im Wasserbad geschmolzen und die Masse in Backförmchen gefüllt.

»Hundertsechzig Grad Umluft, mittlere Schiene, maximal zwanzig Minuten«, riet sie. »Und dann beten, dass es passt.«

»Vielen Dank!«, sagte Kastner. »Im Ernst: Nicht jeder hier würde der Konkurrenz derart selbstlos unter die Arme greifen.«

Zarah winkte lächelnd ab. »Für mich ist das ein Freizeitvergnügen. Ob wir am Ende den ersten oder den dritten Platz belegen, wird den Lauf der Welt kaum verändern.«

*

Wernreuther kam just in time, um die Brownies mit Puderzucker zu bestäuben und das Lebkuchenparfait auf dem Fruchtspiegel anzurichten.

»Das sieht doch ganz gut aus«, sagte er und schenkte für jedes Jurymitglied ein Gläschen Dessertwein ein. »Du wirst sehen: Theos Rotweinsherry wird uns am Ende nach vorne katapultieren!«

*

»Ein weiteres spannendes Kopf-an-Kopf-Rennen«, sagte Drehermann mit vollem Mund. »Es macht wirklich Spaß, hier in der Jury zu sitzen. Fangen wir mit dem Brownie an: ein saftig-mürber Mantel, ein zartschmelzend-flüssiger Kern. Dazu ein sensibel abgeschmecktes Lebkuchenparfait und ein Schlehenfruchtspiegel, der das Ganze elegant ausbalanciert – warm und kalt, süß und herb, schokoladig, sahnig und fruchtig … Ein Feuerwerk an Geschmackseindrücken. Sogar der Digestif wurde hier mitgedacht!« Er kippte Theos Sherry wie einen Ouzo und nickte anerkennend.

»Ein klassisches Winter-Dessert und recht ansprechend präsentiert«, gab Inga zu. »Die Tartelette muss sich dahinter aber nicht verstecken: Der Teig buttrig, knusprig goldgelb gebacken und nicht zu süß; die jahreszeitlich stimmige Maronen-Bratapfel-Füllung saftig und erdig mit einer dezenten Zimtnote. Die kandierten Kumquats setzen einen säuerlich-frischen Kontrapunkt und das crunchige Salzbutter-Karamell bringt die Komponente der Konsistenz auf den Punkt … Ein Aspekt, der von den anderen Teams vielleicht ein wenig vernachlässigt wurde?«

»Zugunsten anderer Vorzüge.« Paula Cornetti tupfte sich die Mundwinkel mit einer Serviette ab. »Ich habe selten einen fluffigeren Schmalzkrapfen und ein samtigeres Cremoso genossen, von den geschmorten Quitten ganz zu schweigen – exakt der richtige Biss und perfekt gewürzt: eine Prise Chili, Sternanis, Piment und ...«

»Schwarzer Pfeffer«, half Drehermann.

Cornetti nickte. »Dazu die feine Säure des Rotweins mit diskreten Aromen von Brombeere, Trockenpflaume und, äh ...«

»Grüner Walnuss?«, schlug Drehermann vor.

Karel Krafcik, der erneut als Moderator fungierte, sah auf die Uhr. »Ich will nicht drängeln, aber wir sind live auf Sendung. Die Zeit läuft. Darf ich um eure Bewertungen bitten?«

Drehermann seufzte. »Eigentlich hätten heute alle Teams drei Punkte verdient.«

Cornetti stieß ins gleiche Horn: »Genauso gut könnte man würfeln.«

»Leider müssen wir uns entscheiden«, stellte Inga fest. »Meine drei Punkte gehen an die Tartelette. Zwei Punkte für den Brownie ... Als Begründung kann ich nur vorbringen, dass der Schmalzkrapfen für mein Empfinden eine Nuance zu dunkel geraten ist.«

Cornetti runzelte die Stirn.

»Das ist Kritik auf hohem Niveau, aber ja: Man hätte den Schmalzkrapfen einen Wimpernschlag früher aus der Fritteuse nehmen können«, sprang Drehermann Inga bei. »Über Platz drei sind wir uns also schon mal einig. Ich sehe allerdings den Brownie auf Platz eins – habt ihr den Sherry probiert? Der reißt es raus, wenn ihr mich fragt!«

Niemand fragte ihn. Cornetti biss noch einmal in den Schmalzkrapfen, schob ein Löffelchen von dem Kokos-

Cremoso hinterher und schüttelte den Kopf. »Drei Punkte für die Tartelette gehen in Ordnung, aber dieses Cremoso hat definitiv mehr als den Trostpreis verdient. So leid es mir für den köstlichen Brownie tut: Meine zwei Punkte gehen an den Schmalzkrapfen!«

*

»Sehen wir uns den Punktestand nach dieser Bewertung an«, schlug Krafcik dem Publikum und den Fernsehzuschauern vor. Die Kameras fuhren nahe an den LED-Screen heran, das Livebild wurde vom *FrankenKocht!*-Logo und der Sponsorenliste abgelöst. »Können wir die Tabelle *jetzt* aktualisieren?« Der Bildschirm wurde für einen Moment dunkel, dann erschien der aktuelle Stand.

»Zwanzig Punkte für Team Zwei!«, las Krafcik vor. »Team Eins liegen mit achtzehn Punkten nur knapp zurück, und selbst Team Drei, das mit sechzehn Punkten aktuell den dritten Rang belegt, hat noch Chancen auf den Sieg – es spricht für das Niveau dieses Wettbewerbs und das Talent unserer Finalisten, dass hier bis zur letzten Entscheidung alles offenbleibt! Morgen werden die Juroren ihre Zusatzpunkte für das Gesamtmenü vergeben, und wir werden endlich erfahren, welches Team fünftausend Euro Preisgeld mit nach Hause nehmen und sich auf ein zwölfgängiges Weihnachtsdinner in der *Muskatblüte* freuen kann!«

*

»Hallo, Hase. Wie geht's dir? Ich vermisse dich.«

Es rauschte und knackte in der Leitung, Mirjams Stimme klang atemlos und abgehackt. »Kastner? Bist du das?«

»Äh – ja?«

»Moment mal.«

Kastner wartete geduldig, nicht ohne die beunruhigende Vision eines sportlichen und kulturell interessierten Kurschattens mit Gestüt am Genfer See, der nach dem Tantra-Sex gern über seine Gefühle sprach. Ein Typ, der womöglich Rolf hieß.

»Sorry«, sagte Mirjam, »aber der Empfang im Yogaraum ist grottig ... Was gibt's?«

»Ich wollte nur hören, wie's dir geht. Stör ich dich?«

»Nur beim bewussten Atmen. Ehrlich: So langsam reicht's mir mit dem Wellnessgedöns! Seit dem Heubad hab ich am ganzen Körper juckende Pusteln, die Yogatrainerin entpuppt sich zunehmend als Sadistin und das salzreduzierte Ayurveda-Buffet würde Markus Söder gefallen: Es wirft kein gutes Licht auf die vegane Ernährung. Der Altersdurchschnitt hier im Ressort liegt etwa bei hundert, die Gespräche kreisen um künstliche Hüftgelenke, Gebissreiniger und den Untergang des Abendlandes ...«

Kastner machte pflichtschuldig ein mitfühlendes Geräusch, obwohl er diese Neuigkeiten überaus beruhigend fand.

»Und bei dir? Zu Hause alles klar? Wie ist euer Dessert bei der Jury angekommen?«

»Wir liegen immer noch knapp in Führung. Die endgültige Entscheidung fällt morgen.«

»Ihr gewinnt das Ding, da bin ich mir sicher. Pass auf, ich muss jetzt ...« Es knirschte wieder in der Leitung. »Ich liebe dich«, verstand Kastner noch.

»Ich dich auch«, sagte er, aber die Verbindung war schon abgebrochen.

Montag, 23. Dezember. And the winner is ...

Den Vormittag des Entscheidungstages nutzte Kastner für sein eigenes Wellnessprogramm. Er schlief bis elf und schlüpfte dann in den Bademantel, um auf dem Wohnzimmersofa ein leichtes Frühstück einzunehmen: drei Tassen Cappuccino, Knack-und-Back-Croissants mit Butter und Erdbeermarmelade, Rührei mit Wiener Würstchen und dazu ein paar ordentlich belegte Käsebrote. Zum Nachtisch gönnte er sich eine Tüte Erdnussflips. Er zappte unentschlossen zwischen *Sissi, die junge Kaiserin* und *Drei Haselnüsse für Aschenbrödel* hin und her und blieb schließlich bei einem Regionalprogramm hängen, das einen Brennpunkt zu Stefan Glauber-Butterscheidts Leben und Tod brachte. Ein Biopic beleuchtete seinen Werdegang (»Vom fränkischen Tellerwäscher zum Star der Haute Cuisine«), angebliche Schulfreunde beschrieben ihn als »zielstrebigen Charakter«, ehemalige Lehrerinnen wollten schon immer gewusst haben, dass »aus dem Buben mal was wird«. Sterneköche aus ganz Deutschland (es waren wirklich ausschließlich Männer) floskelten posthume Komplimente, die »verblüffende Kreativität eines außergewöhnlichen Genies« wurde dabei so oft erwähnt, dass Kastner der Verdacht beschlich, die Herren hätten voneinander abgeschrieben. Hochrangige Mitglieder der bayerischen Staatsregierung und ein vorbestrafter Funktionär des FC Bayern München beklagten einen »traurigen Verlust, auch menschlich«. Eine Blondine mittleren Alters im himbeerroten Lodenkostüm trug kritische Töne bei, blieb jedoch, vermutlich aus rechtlichen Gründen, stets im Vagen: Verdacht auf Steuerhinterziehung, Schwarzgeldgeschäfte und Immobilienspekulationen, Gerüchte über

Kontakte zur Drogenszene und ins Rotlichtmilieu ... »Die Nürnberger Polizei hält sich bedeckt«, schloss die Blondine, »aber einiges spricht dafür, dass der Münchener Starkoch mit fränkischen Wurzeln in seiner Heimatstadt Nürnberg einem Verbrechen zum Opfer gefallen ist. Sein Gastauftritt bei *FrankenKocht!* war keine Charmeoffensive, und fünftausend Euro Preisgeld sind kein Pappenstiel ... Ist einer der Finalteilnehmer zu dem Schluss gelangt, dass Glauber-Butterscheidts Tod seine Siegchancen steigern würde?«

Kastner schaltete den Fernseher ab. Er nahm eine heiße Dusche, putzte sich die Zähne und rief Claudia an.

*

»Ludwig Schiffer ist zwanzigsechzehn am Höhenglücksteig tödlich verunglückt«, sagte Claudia. »Offiziell war es ein Unfall, inoffiziell gab es Gerüchte: Zum einen war Schiffer ein Routinier höchster alpiner Schwierigkeitsgrade, zum anderen war er wegen Depressionen in ärztlicher Behandlung.«

»Ein Suizid – das hat Drehermann angedeutet. Die Frage ist: Warum erzählt er mir das?«

»Um von sich abzulenken? Um Inga Schiffer eins reinzuwürgen, weil sie indiskret war?«

Kastner präzisierte seine Frage: »Gibt es irgendeine Verbindung zwischen Inga Schiffers Vater und Glauber-Butterscheidt?«

»Ja. Ja, die beiden kannten sich ... Fangen wir mit den Tatsachen an: Ludwig Schiffer war Koch. Nach der Ausbildung ist er ruck, zuck zum Chef de Partie eines Bamberger Nobelrestaurants aufgestiegen, seine Zeugnisse und Aussichten waren hervorragend. Den nächsten Karriereschritt hat er in München bei Glauber-Butterscheidt gemacht, der mit dem Geld seiner Frau gerade das *MunicTaste* eröffnet hatte ... Ein Jahr nach Schiffers Beförderung zum Sous-Chef wurde Glauber-Butterscheidts Klitsche mit einer Empfehlung im *Guide Michelin* geadelt, ein weiteres Jahr später mit dem ersten Stern. Kurz danach ist Schiffer in seine fränkische Heimat zurückgekehrt, hat eine Familie gegründet und seine Brötchen mühsam und redlich am Grill eines Nürnberger Bratwurstrestaurants verdient, bis man ihn wegen seiner Depressionen entlassen hat. Der klassische Verlauf: Motivationslosigkeit, psychosomatische Folgeerkrankungen, Kettenkrankschreibungen und am Ende dauerhafte Arbeitsunfähigkeit ... Familie Schiffer musste das Haus verkaufen, den Kindern die finanzielle Unterstützung streichen und sogar den Hund ins Tierheim bringen.«

»Der Untergang des Hauses Schiffer«, fasste Kastner zusammen. »Gab es einen konkreten Grund für Schiffers psychische Probleme?«

»Seine Witwe meint, es hätte ihn im Wortsinn deprimiert, Talent und Ambition tagein, tagaus an Sechs auf Kraut und Schäufele mit Kloß und Soß zu vergeuden. Angeblich hat er Hunderte von Bewerbungen an Edelrestaurants in ganz Deutschland verschickt, ohne Erfolg ... Womit wir bei den Gerüchten um Schiffers Zeit in München angelangt wären. Die Witwe wollte darüber nicht reden, aber ehemalige Kollegen munkeln, Glauber-Butterscheidt hätte seinen Sous-Chef nach einem Wortgefecht fristlos und mit einem Zeugnis entlassen, das nicht mal für ein Vorstellungsgespräch bei McDonald's gereicht hätte ... Er soll Schiffer prophezeit haben, dass er nie wieder einen Fuß in die Küche eines Sternerestaurants setzen würde. Offenbar keine leere Drohung.«

»Worum ging es bei dem Streit? Macht die Gerüchteküche dazu einen Serviervorschlag?«

»Nein. Aber ich habe ein paar Telefonnummern von Leuten ergattert, die es vielleicht wissen könnten.«

Claudias Geschick, wildfremden Menschen am Telefon Informationen aus der Nase zu ziehen, beeindruckte Kastner einmal mehr. »Rache ist ein schönes Mordmotiv«, sinnierte er.

»Rang drei in der Kriminalstatistik, nach Habgier und narzisstischer Kränkung ...« Claudia raschelte mit Papier. »Apropos Habgier: Laut standesamtlichem Archiv ist diese Luise Hecht tatsächlich Glauber-Butterscheidts Großnichte. Die Familienverhältnisse sind ein wenig verwickelt – Scheidungen, uneheliche Kinder, vorzeitige Todesfälle ...«

»Muss mich das interessieren?« Kastner war kein Freund von Details, er bevorzugte Zusammenfassungen.

»Ich denke schon. Glauber-Butterscheidt hat in den letzten fünfundzwanzig Jahren eine Menge Kohle gescheffelt – drei gut gehende Restaurants, eine Villa am Starnberger See, zwei Miethäuser in bester Münchener Wohnlage, ein nettes kleines Aktienpaket ... Und jetzt rate, wer den ganzen Kladderadatsch erbt?«

»Du solltest Kommissarin werden«, sagte Kastner. »Wie geht's Jannik?«

»Wir hatten beide eine unruhige Nacht. Inzwischen dämmert ihm, dass das mit dem Sekundenkleber kein Geniestreich war. Er erwartet, dass man ihn bedient wie einen arabischen Prinzen, aber ich lass ihn ein bisschen schmoren. Damit er was lernt.«

*

Ahnenforschung war nicht Kastners Steckenpferd – sein Geschichtslehrer im Gymnasium hatte ein Faible für die Habsburger gehabt, mit Stammbäumen war er bedient. Trotzdem kämpfte er sich in der folgenden Stunde tapfer durch den Bericht, den Claudia ihm gemailt hatte. Einige Informationen hatte sie im Internet gefunden, die Details hatten Glauber-Butterscheidts Exfrau, Luises Pflegevater und eine Nachbarin und Freundin von Margarethe Glauber, Luises verstorbener Großmutter mütterlicherseits, beigetragen ...

Die Glaubers waren drei Geschwister gewesen; neben Margarethe und Stefan hatte es noch einen Bruder namens Georg gegeben, der jung gestorben war. Anfang der Neunzehnhundertneunziger hatte Stefan Glauber die Tochter eines Münchener Brauunternehmers geheiratet: Irene Butterscheidt, die neben dem wohlklingenden Doppelnamen einige Immobilien und eine erkleckliche Menge Tafelsilber mit in die Ehe brachte. Von da an ging es für den ambitionierten Koch beruflich steil bergauf: Er investierte einen Teil von Irenes Mitgift in ein abgetakeltes Backhähnchen-Lokal am Münchener Stadtrand, möbelte es auf, stellte das beste Personal ein, das er finden konnte (darunter Inga Schiffers Vater), und schrieb eine Speisekarte wie ein Ausrufezeichen. Das Vitamin B seines Schwiegervaters tat ein Übriges, um das *MunicTaste* zum Treffpunkt der Schickeria zu machen. Politiker, Schauspieler, Fußballstars, Unternehmer ... Wer in der Landeshauptstadt etwas auf sich hielt, reservierte für den Abend einen Tisch *by Stefan Glauber-Butterscheidt. Nach guten Jahren gab es einen privaten Schicksalsschlag: An einem regnerischen Oktoberabend zweitausendelf steuerte das einzige Kind der Eheleute, ein Sohn namens Jens, seinen fabrikneuen Ferrari auf der A99 in den Gegenverkehr und erlag noch am Unfallort seinen Verletzungen – es war der Abend seines achtzehnten Geburtstags. Kastner klickte ein paar Links zu Presseartikel an, in denen von Fahren ohne Führerschein, Trunkenheit am Steuer, überhöhter Geschwindigkeit und insgesamt drei Toten die Rede war, und er erfuhr, dass Irene ihrem Mann schwere Vorwürfe gemacht hatte: Offenbar hatte Glauber-Butterscheidt seinem Sohn die Autoschlüssel während einer feuchtfröhlichen Geburtstagsparty überreicht, obwohl der gerade zum zweiten Mal durch die Führerscheinprüfung gerasselt war. Zwei Wochen nach Jens' Beerdigung reichte Irene die Scheidung ein. Sie ließ sich die Trennung etwas kosten, Glauber-Butterscheidt machte, finanziell gesehen, einen weiteren hübschen Gewinn.

Auch bei der sechs Jahre älteren Margarethe lief es privat nicht rund, dazu kamen Geldsorgen. Ihre in jungen Jahren mit dem Kfz-Mechaniker Wolfgang Hecht geschlossene Ehe blieb kinderlos, ihr Gatte entpuppte sich als arbeitsscheuer Windhund und Schürzenjäger. Nach der Scheidung schlug sie sich als Bürohilfe durch und lernte dabei den zehn Jahre älteren Buchhalter Horst Spörrlein kennen ... Margarethe machte sich keine Illusionen über Horst – er war ein humorloser Erbsenzähler auf der Suche nach jemandem, der seine Hemden bügelte und dabei bewundernd zu ihm aufsah –, aber ihre biologische Uhr tickte, sie hoffte auf eine Familie und finanzielle Sicherheit. Horst schenkte ihr rote Rosen, lud sie in schicke Restaurants ein und steckte ihr einen hochkarätigen Verlobungsring an den Finger; erst zwei Tage vor der geplanten Hochzeit rückte er damit heraus, dass er bereits eine Ehefrau und zwei Söhne hatte. Margarethe warf ihm den Ring vor die Füße, was sie im Nachhinein bereute: Es stellte sich heraus, dass sie schwanger war. Horst drückte sich erfolgreich um einen Vaterschaftstest, Margarethe feilschte mit dem Sozialamt um jeden Cent. Ihre Tochter Maria, bis zur vierten Klasse ein unauffälliges Kind, erkrankte plötzlich an Angst- und Essstörungen. Ein Jahr vor dem Hauptschulabschluss brach sie die Schule ab, nahm harte Drogen und ließ sich mit zwielichtigen Typen ein. Mit achtzehn kam sie von einem Roadtrip nach Afrika hochschwanger zurück. Margarethe kümmerte sich um ihre Enkelin, Maria zog mit häufig wechselnden Bekannten durch Kneipen und Bars und kam nur nach Hause, um ihren Drogenrausch auszuschlafen. Kurz nach Luises Einschulung erkrankte Margarethe an Krebs und starb wenig später. Das Jugendamt schaltete sich ein, brachte Luise in einer Pflegefamilie unter und riet Maria, ihr Leben in den Griff zu kriegen. Luises Pflegevater, der Sozialpädagoge Joachim Woll, unterstützte sie dabei: Er besorgte ihr einen Platz in einer Drogenklinik und eine Therapeutin. Es sah gut aus für Maria, aber das Glück währte nur kurz: Mit gerade einmal achtunddreißig Jahren starb sie an einem Nierenversagen, einer Spätfolge des jahrelangen Raubbaus an ihrer Gesundheit.

*

Kastner fand Joachim Wolls Handynummer in Claudias Notizen. Er erreichte den Sozialpädagogen an seinem Arbeitsplatz, einer städtischen Drogenberatungsstelle.

Woll klang, als hätte er Wichtigeres zu tun – vermutlich war es so. »Ich hab hier gerade ein Gespräch, Herr ... Kastner? Kann ich Sie zurückrufen?«

»Ich werde Sie nicht lange aufhalten, Herr Woll. Es geht

um Ihre Pflegetochter Luise und den in der *Muskatblüte* zu Tode gekommenen Starkoch aus München ... Sie haben gestern freundlicherweise schon mit meiner Kollegin darüber gesprochen.«

»Ja.«

»Stefan Glauber-Butterscheidt war Luises Großonkel?«

»Ja.«

»Luise behauptet, sie hätte von dieser Verwandtschaft bis Freitagabend nichts gewusst. Kann das sein?«

»Ja. Luises Mutter war zehn Jahre alt, als ihr Onkel nach München geheiratet hat, danach gab es so gut wie keinen Kontakt mehr. Herr Glauber-Butterscheidt war weder auf der Beerdigung seiner Schwester noch auf der seiner Nichte. Luise hat ihn nie kennengelernt.«

»Warum?«

»Warum *was?*«

»Es ist keine Weltreise von München nach Nürnberg, man kann telefonieren oder Nachrichten schicken ... *Blut ist dicker als Wasser*, sagt man.«

»Ja, genau.« Woll lachte trocken. »Man sagt auch: *Geld macht nicht glücklich* ... Um das hier abzukürzen: Ich weiß über Luises Familie nur das, was in den Akten steht und was sie und Maria mir erzählt haben. Wenn Sie mich also nach den Gründen für Herrn Glauber-Butterscheidts Desinteresse an seiner Nürnberger Verwandtschaft fragen, kann ich nur raten: Der Mann hat in München Karriere gemacht, er war prominent, er hat den Ministerpräsidenten geduzt ... Vielleicht war er der Ansicht, dass mit einer Schwester, deren magere Einkünfte kaum für die Miete einer Eineinhalbzimmerwohnung in Nürnberg-Schweinau reichen, kein Staat zu machen ist? Vielleicht hat er sich für seine uneheliche, psychisch labile und drogenabhängige

Nichte geschämt? Vielleicht war es ihm peinlich, dass seine Großnichte schwarz ist?«

Kastner brauchte eine Weile, um Wolls letzten Satz einzuordnen. Luises dunkler Teint war ihm aufgefallen, aber – schwarz? Luise war so wenig schwarz wie Barack Obama, Halle Berry oder die amerikanische Präsidentschaftskandidatin, deren Name ihm gerade nicht einfiel. Mirjam hatte ihm erzählt, dass die Vorfahren des Homo sapiens sämtlich aus Afrika stammten. Wenn man also Schwarz nicht als Farbe, sondern als Ethnie begriff – waren dann nicht alle Menschen irgendwie schwarz? »Also beinahe dreißig Jahre Schweigen«, rechnete er zusammen. »Das macht das Zusammentreffen zwischen Luise und ihrem Großonkel am Abend seines Todes umso mysteriöser, meinen Sie nicht?«

Für etwa fünf Sekunden war nur leises Atmen zu hören. Dann sagte Woll mit professionell beherrschter Stimme: »Worauf wollen Sie eigentlich raus, Herr Kastner? Sie denken doch hoffentlich nicht, Luise hätte mit dem Tod dieses Mannes irgendetwas zu tun? Das ist absurd! Das Kind ist noch keine siebzehn, sie könnte keine Fliege erschlagen! Und, wie schon erwähnt: Sie hat ihren Großonkel gar nicht gekannt. Also warum sollte sie ...«

»*Gelegenheit macht Diebe*«, gab Kastner eine weitere Binsenweisheit zum Besten.

»Wie bitte?«

»Glauber-Butterscheidts Tod hat aus Ihrer Pflegetochter über Nacht eine ausgesprochen gut situierte junge Frau gemacht. Sie ist seine einzige Erbin.«

Woll machte ein Geräusch, das nahelegte, dass er davon tatsächlich nichts gewusst hatte.

*

Die Entscheidung des Kochwettbewerbs war erst für achtzehn Uhr angesetzt, trotzdem hielt es Kastner nicht länger zu Hause. Er fuhr mit der U-Bahn zur Lorenzkirche und ging von dort zu Fuß in Richtung Sebalder Altstadt. Auf dem Christkindlesmarkt drängelten sich Touristen und Einheimische, um Selfies vor dem Schönen Brunnen zu machen oder letzte Weihnachtsgeschenke zu kaufen. Normalerweise war es klug, das Gedrängel weiträumig zu umgehen, aber über der *Stadt aus Holz und Tuch* lag ein so verführerischer Duft nach Rostbratwurst, dass Kastner nicht widerstehen konnte – er reihte sich in die Schlange vor dem Bratwurststand ein und besorgte sich, als kleine Wegzehrung vor dem steileren Anstieg des Burgberges, die klassischen Drei im Weggla.

*

In der *Muskatblüte* herrschte bereits reger Betrieb – neben der *FrankenKocht!*-Entscheidung sollte auch die Wahl der Miss Rauschgoldengel live übertragen werden, da war einiges vorzubereiten. Kastner fand Inga Schiffer nach kurzem Suchen in einem winzigen Büro, das zwischen dem Gastraum und den Toilettenräumen der *Muskatblüte* lag – ein Schreibtisch, ein paar Regale, der unvermeidliche Ficus benjamini.

Inga blätterte in einem Ordner und sah unwillig hoch, als er an die offene Tür klopfte. »So früh schon da?«, fragte sie und entschied sich nun doch noch für ein Lächeln. »Du kannst es wohl gar nicht erwarten – wie ein Kind vor der Bescherung.«

Kastner kam gleich zur Sache. »Als wir uns gestern über Glauber-Butterscheidt unterhalten haben, hast du mit keinem Wort erwähnt, dass dein Vater mal für ihn gearbeitet hat. Warum nicht?«

Inga runzelte die Stirn. »Weil es irrelevant ist? Das war vor über dreißig Jahren, ich war noch nicht mal auf der Welt.«

»Es ist lange her, das stimmt. Aber dass du es als irrelevant bezeichnest, wundert mich – immerhin hatte es weitreichende Folgen. Für deinen Vater, für deine ganze Familie ...« Es war ein Schuss ins Blaue – der Verdacht, zwischen Ludwig Schiffers Zeit in München, seinem Karriereknick, seinen Depressionen und seinem Todessturz vom Höhenglückssteig könnte ein Zusammenhang bestehen, beruhte bislang ausschließlich auf Gerüchten und Mutmaßungen.

Inga starrte ihn an.

»Was genau ist damals in München zwischen deinem Vater und Glauber-Butterscheidt vorgefallen?«

»Wie gesagt: Es ist lange her. Und ich glaube nicht, dass es dich etwas angeht.«

»Du hast recht«, gab Kastner zu. »Ich bin nur ein Hobbykoch, der neugierige Fragen stellt. Jochen Rollfeld ist der leitende Ermittler – hast du ihm erzählt, dass dein Vater nach seinem Rauswurf im *MunicTaste* nie mehr richtig auf die Füße gekommen ist?«

»Nein. Weil das Unsinn ist«, behauptete Inga und verschränkte die Arme vor der Brust. »Mein Vater hat gearbeitet, er hat ein Haus gebaut, er hatte eine Familie, Freunde, Hobbys ... Er hat ein ganz normales Leben geführt.«

»Für einen Mann mit seinen Talenten? Wohl kaum. Er hat an Depressionen gelitten. Es gab Gerüchte über seinen Tod ...«

»Ich muss mir das echt nicht anhören!«, fuhr Inga auf. »Das sind Privatangelegenheiten, die keinen was angehen, weder dich noch die Polizei!«

»Du willst deine Familie schützen, das verstehe ich«, sagte Kastner. »Du willst vermeiden, dass Fremde in Wunden herumstochern, die kaum verheilt sind, dass die alten Gerüchte wieder hochkochen ... Aber bei einer Mordermittlung gibt es nichts Privates, Inga, da kommt früher oder später alles auf den Tisch. Wer mauert, macht sich verdächtig.«

Inga schüttelte den Kopf. »Dieses Gespräch ist jetzt beendet. Bitte entschuldige mich, ich habe zu tun.«

»Es ist deine Entscheidung«, sagte Kastner, »aber überleg es dir gut. Ganz Franken wird heute live dabei sein, wenn die Küchenchefin der *Muskatblüte* und ihre beiden Jurykollegen das perfekte Weihnachtsdinner küren, die Sponsoren werden in der ersten Reihe sitzen. Deine Arbeitgeber hoffen nach der ganzen Aufregung auf ein versöhnliches Ende und positive PR ... Welchen Eindruck würde es machen, wenn man dich vor laufender Kamera abholt und zur Befragung ins Polizeipräsidium bringt?«

*

Karel Krafcik blinzelte nervös. »Da war nichts!«, beteuerte er. »Ich bin verheiratet, ich habe es nicht nötig, beschwipsten Teenagern unter den Rock zu fassen!«

»Das freut mich zu hören«, sagte Kastner. »Trotzdem würde ich gern wissen, wo Sie sich am Freitagabend zwischen halb und dreiviertel neun aufgehalten haben. Man hat nach Ihnen gesucht, aber Sie waren weder in der Küche noch im Gastraum.«

»Wenn meinem Arbeitgeber solche Gerüchte zu Ohren kommen, war's das«, flüsterte Krafcik.

Kastner nickte und gab sich Mühe, sein Verständnis für Krafciks Arbeitgeber zu verbergen. »Die Mädchen haben

Ihnen schöne Augen gemacht. Welchem Mann würde das nicht schmeicheln?«, baute er eine Brücke. »Kristina Popow ist eine offenbar recht zielstrebige junge Dame, und sie ist kein Teenager mehr. Sie ist einundzwanzig.«

Krafcik schwieg.

»Waren Sie im Keller, Herr Krafcik? Vielleicht, um einen Karton Prosecco zu holen? Hat Kristina Ihnen angeboten, beim Tragen zu helfen? Ist es auf dem Weg in den Weinkeller zum Austausch von, nennen wir es Zärtlichkeiten, gekommen?«

Krafcik schüttelte den Kopf.

»Einvernehmlicher Sex unter Erwachsenen ist nicht strafbar, Herr Krafcik. Ich kenne Sie ja nun schon ein paar Tage, ich weiß, dass Sie im Grunde ein anständiger Kerl sind. Aber wenn mein Kollege Jochen Rollfeld von dieser Sache erfährt, könnte er ganz andere Schlüsse ziehen.«

»Schlüsse? Was denn für Schlüsse?«, fragte Krafcik alarmiert.

»Rollfeld ermittelt in einem Mordfall. Er ist vielleicht nicht Sherlock Holmes, aber er kann die Uhr lesen und eins und eins zusammenzählen ... Er könnte denken, dass die Zärtlichkeiten zwischen Ihnen und Kristina nicht ganz so einvernehmlich waren, er könnte denken, dass Stefan Glauber-Butterscheidt im Keller zufällig etwas beobachtet hat, das wie eine sexuelle Nötigung aussah. Er könnte denken, dass Sie den unliebsamen Zeugen kurzerhand in den Kühlraum gezerrt und dort eingesperrt haben, um Ärger mit Ihrem Arbeitgeber und Ihrer Ehefrau zu vermeiden. Rollfeld ist Pragmatiker; wenn er erfährt, dass Sie zur Tatzeit am Tatort waren und ein Motiv hatten, lässt er die Handschellen klicken und führt Sie dem Haftrichter vor, bevor Sie Boeuf Stroganoff sagen können.« Im Geiste leistete Kastner bei Little Joe Abbitte für seine despektierlichen Worte.

Der Servicechef war während Kastners Rede zunehmend blass geworden. »Aber wir waren gar nicht im Keller!«, rief er.

»Nein? Wo waren Sie denn?«

»Kristina hat ... Wir haben nur geredet.«

»Freilich. Und wo genau hat die Plauderei stattgefunden?«

Krafcik lief feuerrot an. »Auf der Herrentoilette.«

»Im Vorraum? In einer Kabine?«

»In einer Kabine ... Es ging von ihr aus, nicht von mir! Wirklich, das müssen Sie mir glauben!«

Kastner schüttelte den Kopf. »Sie sollten sich schämen, Herr Krafcik.«

*

Kastner fand Luise auf der Kellertreppe. Sie trug einen rosafarbenen Bademantel, Plüschsocken und Adiletten, ihre dunklen Haarsträhnen waren auf bunte Lockenwickler gedreht. Zwischen dem Mittel- und dem Zeigefinger ihrer Linken klemmte die unvermeidliche qualmende Kippe.

»Das ist ja nett, dass Sie mal vorbeischauen!«, sagte sie. »Kommen Sie extra wegen mir? Oder wollen Sie in den Keller?« Sie lehnte sich zur Seite, um ihn gegebenenfalls vorbeizulassen. »Hoffentlich finden Sie da unten nicht noch mehr Leichen ... Misswahl oder Mord, dreimal dürfen Sie raten, was die Medien spannender finden!«

Kastner setzte sich zu ihr auf die Treppe. »Glauben Sie denn, dass es Mord war? Dass jemand Ihren Großonkel heimtückisch und aus niedrigen Beweggründen getötet hat?«

»Das ist doch immer so in den Krimis«, sagte Luise leichthin. »Eine Leiche wird gefunden, die Polizei ermittelt in alle Richtungen« – sie setzte *in alle Richtungen* in gestische Häkchen – »und am Ende war es Mord ... War es etwa kein Mord?«

»Meine Kollegen ermitteln in alle Richtungen.«

»Ha!«, rief Luise. Sie zog eine Zigarettenschachtel aus der Tasche ihres Bademantels und hielt sie ihm hin. »Wollen Sie eine?«

»Danke, nein. Aber ich würde Ihnen gern ein paar Fragen stellen.«

Luise tauschte die Zigarettenschachtel gegen ein Smartphone und sah auf die Uhr. »In zehn Minuten muss ich ins Make-up ... Was wollen Sie denn wissen?«

»Sie haben behauptet, dass Sie sich nicht daran erinnern, wann genau am Freitagabend Ihr Großonkel Sie angesprochen hat, was er anhatte und was er eigentlich von Ihnen wollte. Weil Sie schon ein wenig ... angeheitert waren.«

Luise steckte das Handy zurück und nickte.

»Einige der anderen Mädchen erinnern sich allerdings recht gut an die Uhrzeit.«

»Ach ja?«

»Es war etwa dreiviertel sechs. Die Miss Rauschgoldengel-Jury hat Punkt sieben Uhr entschieden, wer ins Halbfinale einzieht, eine halbe Stunde später wurde erstmals eine ihrer Kolleginnen in der Küche vorstellig, um nach sechs Sektgläsern und zwei Flaschen Prosecco zu fragen.« Die Zeitangaben hatte Kastner Little Joes Ermittlungsbericht entnommen, der, wie auch immer, als Blindkopie in seinem privaten E-Mail-Postfach gelandet war.

»Ach was!« Luise wedelte mit der Hand, die die Zigarette hielt, eine Fliege weg, die auf ihrem Bademantel herumkrabbelte. »Hm. Und jetzt fragen Sie sich, warum ich um dreiviertel sechs schon betrunken war?«

»Nein, Luise. Ich frage mich, warum Sie lügen.«

»Ist man ein Lügner, wenn man was für sich behält?«, erkundigte sich Luise. »Jetzt mal im Ernst – wie sehen Sie das, als Kommissar? In den Fernsehkrimis reden sich die Verdächtigen immer um Kopf und Kragen, statt einfach ihre Klappe zu halten ... Das ist im echten Leben anders, oder?«

»Es gibt solche und solche. Am Ende landen die meisten Mörder im Gefängnis, die verschwiegenen ebenso wie die redseligen ... Was hat Ihr Großonkel zu Ihnen gesagt? Hat er sich dafür entschuldigt, dass er nicht zur Beerdigung Ihrer Großmutter gekommen ist? Hat es ihm leidgetan, dass er sich nie um Sie und Ihre Mutter gekümmert hat? Hat er Besserung gelobt? Hat er Ihnen erzählt, dass sein Sohn gestorben ist, dass seine Frau ihm daran die Schuld gegeben und weder Kosten noch Mühen gescheut hat, um ihn loszuwerden? Dass Sie seine einzige lebende Verwandte sind, dass Sie nach seinem Tod alles erben werden, was er besitzt?«

Luise hatte ihm aufmerksam zugehört. Jetzt ließ sie ihre bis zum Filter abgebrannte Kippe auf den Boden fallen, trat sie aus und schüttelte bedauernd den Kopf. »Nein, das hat er nicht gesagt. Nichts davon, fürchte ich.«

»Daran erinnern Sie sich?«

Luise wedelte einmal mehr die Fliege fort und lächelte unverbindlich. »Warum machen Sie sich eigentlich so einen Kopf um die ganze Sache?«, erkundigte sie sich fürsorglich. »Sie ermitteln doch gar nicht in dem Fall! Sie könnten sich entspannt zurücklehnen und alles Ihrem drolligen Kollegen mit den Cowboystiefeln überlassen!«

»Sie wissen, dass Sie auf der Liste der Verdächtigen ganz oben stehen, Luise«, sagte Kastner freundlich. »Keiner der anderen Rauschgoldengel hat Sie zur Tatzeit gesehen, Sie haben ein Motiv ... Ein Premiummotiv, ein Fünf-Sterne-Motiv, ein Mordmotiv, das Richter und Staatsanwälte besonders mögen, weil es so simpel ist: Habgier. Im Grunde ist es völlig egal, worüber Ihr Großonkel am Abend seines Todes mit Ihnen gesprochen hat. Sie haben ein Smartphone und Sie sind nicht auf den Kopf gefallen, Sie konnten jederzeit recherchieren, dass er eine Villa am Starnberger See hat und dass die Erbfolge ohne Umwege zu Ihnen führt.«

Luises dunkle Augen folgten der Fliege, die immer noch brummend Kreise zog und sich zuletzt auf ihrem nackten Knie niederließ. Sie hob die rechte Hand und ließ sie für einige Sekunden in der Luft schweben, ehe sie das Insekt mit einem gezielten Schlag zur Strecke brachte. »Ich habe meinen Großonkel nicht in den Kühlraum gesperrt. Wirklich nicht! Das schwöre ich bei ... Ja, bei was eigentlich?« Sie schnippte die tote Fliege beiläufig von ihrem Knie. »Können Sie mir da weiterhelfen? Ein Rat aus der Praxis? Worauf schwören Verdächtige, die ganz allein auf der Welt stehen und das Leben irgendwelcher Verwandten nicht in die Waagschale werfen können?«

»Gott ist beliebt. Bei Gläubigen und Ungläubigen gleichermaßen.«

»Gut«, sagte Luise heiter, »dann nehm ich den.«

»Ich habe Leute schon Meineide auf das Leben ihrer Kinder schwören hören. Mörder lügen.«

»Aber nicht jeder Lügner ist ein Mörder, stimmt's?« Luise stand auf und zuckte entschuldigend die Achseln. »Ich würde echt gern noch ein bisschen mit Ihnen plaudern, aber ich muss jetzt los ... Nur eine kann Miss Rauschgoldengel werden! Sie drücken mir doch heute Abend die Daumen?«

Kastner versprach es, obwohl er sich sicher war, dass Luise auch ohne seinen Beistand gut zurechtkommen würde.

*

»Wer behauptet das?«, fragte Malte.

»Ein Zeuge«, sagte Kastner. »Jemand, der den Streit zufällig mitangehört hat.«

Malte wechselte das Standbein und kniff die Augen zusammen. »Was will er denn gehört haben?«

»Worum ging denn der Streit?«

»Das war nichts Besonderes. Ich fand den Auftritt von dem Typen daneben und hab ihm das gesagt.«

»Glauber-Butterscheidt hat eure Vorspeise mit drei Punkten bewertet. Und verbal seid ihr auch glimpflich weggekommen – *ein aus dem kulinarischen Zusammenhang gerissener Rosmarinzweig*. Verfolgt man deswegen jemanden bis zur Garderobe und bricht einen lauten Streit vom Zaun?«

»Ich hab ihn nicht verfolgt. Ich hab ihn zufällig getroffen, nachdem ich auf dem Klo war ... Der Typ war ein Arsch, das wollte ich ihm einfach mal gesagt haben.«

»Das passt nicht so ganz zu dem, was der Zeuge gehört hat«, stellte Kastner fest und zitierte: »*Dreister Prolet, Trittbrettfahrer, versuchte Erpressung, üble Nachrede, längerer Hebel, Anwalt ...*«

Malte kniff die Augenbrauen zusammen. »Keine Ahnung, wovon du redest. Echt nicht, Mann! Da muss sich der Zeuge verhört haben. Und was geht's dich eigentlich an? Ist das mit deinem Cowboykollegen abgesprochen, dass du hier den ganzen Tag rumläufst und Fragen stellst? Oder machst du das auf eigene Faust?«

*

»Malte Kern, das ist einer von den Wanderschäfern, stimmt's?«, sagte Claudia am Telefon. »Viel hab ich nicht über die Jungs. Schwierige Kindheit, ein paar kleinere Delikte, Jugendarrest ...«

»Ja, darüber sprechen die beiden recht offen«, sagte Kastner. »Was mich interessieren würde: Gibt es irgendwelche Schnittstellen zwischen Malte und GB?«

»Ich hab keine gefunden. Bisher hab ich allerdings nur die Aktenlage geprüft ... Soll ich dir den Kram weiterleiten?«

»Ja, bitte«, sagte Kastner, der zwischen den Zeilen las, dass Claudia mit ihren Recherchen zu Luise und Inga ausgelastet war. »Sag mal – was treibt Little Joe eigentlich? Seit er gestern hier alle befragt hat, ist er komplett abgetaucht.«

»Oh, er ist fleißig. Er füttert den Computer mit den Ergebnissen seiner und deiner Vor-Ort-Befragungen ... Wusstest du, dass er nicht nur Kommissar und gelernter Lebensmitteltechniker ist, sondern auch EDV-Spezialist? Er hat flugs ein Programm geschrieben, das aus den Zeitangaben der Verdächtigen eine Art Matrix erstellt. Wenn ich es richtig verstanden habe, drückt er am Ende auf Enter und das Programm spuckt aus, wer der Mörder ist.«

»Das klingt prima ... Hast du eigentlich noch was über den Streit zwischen GB und Ludwig Schiffer rausgefunden? Ich habe Inga darauf angesprochen, aber sie hat komplett dichtgemacht.«

»Sie wird ihre Gründe haben«, vermutete Claudia. »Ludwig Schiffer hatte eine hohe Lebensversicherung abgeschlossen, die das Versicherungsunternehmen nach seinem *Unfall* zähneknirschend gezahlt hat. Am Ende wollen die ihr Geld zurück, wenn unsere Ermittlungen neue Hinweise auf einen Suizid ergeben? Was deine Frage angeht: Vor zehn Minuten hab ich mit einem von GBs ehemaligen Sous-Chefs telefoniert, der gerne anonym bleiben würde. Er sagt, dass Ludwig Schiffer damals faktisch der Küchenchef im *MunicTaste* war ... Du verstehst, was das heißt?«

»Dass sich GB einen Michelin-Stern an den Kragen geheftet hat, der eigentlich Schiffer zugestanden hätte?«

»Ganz so einfach ist es nicht. Die Sterne gehen an das Lokal, nicht an den Koch. Du bist also nur Sternekoch, solange du in einem Sternerestaurant als Küchenchef arbeitest ... Und Schiffer war ja offiziell nicht mal Küchenchef. Aber im Grunde hast du natürlich recht: GB hat Schiffer die Arbeit machen lassen und die Lorbeeren eingestrichen. Die ganze Idee mit der Molekularküche war anscheinend Schiffers Einfall, und er wollte dafür zumindest ein bisschen Anerkennung und den Posten als Chef de Cuisine im *MunicTaste*. GB hat ihn abblitzen lassen, und na ja – wie es weitergegangen ist, wissen wir.«

»Warum ist Schiffer mit der Geschichte nicht an die Öffentlichkeit gegangen?«

»Er hatte eine Verschwiegenheitserklärung unterschrieben. Eine Standardklausel im Kleingedruckten jedes Arbeitsvertrages, den man im *MunicTaste* bekommt – heute wie damals übrigens.«

*

Kastner fragte Karel Krafcik, ob er für eine Weile das Büro benutzen dürfe. Krafcik rückte ihm den Stuhl zurecht, fuhr den PC für ihn hoch und brachte ihm eine Tasse Cappuccino – vermutlich hätte er ihm auch die Füße massiert, wenn Kastner darum gebeten hätte. Das Studium der Akten, die unterfränkische Sozialbehörden und Polizeidienststellen über Malte und Justin angelegt hatten, brachte Kastner indes nicht weiter. Die beiden waren durch Halbstarkendelikte aufgefallen: die Schule schwänzen, an der Bushaltestelle Dosenbier trinken und laut Musik hören, schwarzfahren, vom Nachbarn unerlaubt das Moped ausleihen, kiffen, Wodka an der Tanke klauen ... Kein Schikanieren von Schwächeren, keine Waffen, keine Gewalt (wenn man davon absah, dass Malte sich gelegentlich mit der Gang von der anderen Straßenseite geprügelt hatte). Gute Jungs, die einfach einen schlechten Start gehabt hatten? Maltes Vater war Alkoholiker gewesen, seine Mutter war daran gescheitert, ihren Putzjob und vier Kinder unter einen Hut zu bringen. Malte war als Achtjähriger mit dem Etikett »schwer erziehbar« zunächst in ein Kinderheim und später zu häufig wechselnden Pflegeeltern gekommen. Sozialpädagogen bescheinigten ihm »mangelnde Impulskontrolle«, eine »kurze Aufmerksamkeitsspanne« und eine »erhebliche Renitenz gegenüber festen Zeitabläufen und hierarchischen Strukturen«, trotzdem schaffte er problemlos den mittleren Schulabschluss, absolvierte eine Ausbildung zum Industrieschreiner und jobbte danach, mehr oder weniger regelmäßig, beim Messebau oder in der Gastronomie ... Justins Geschichte las sich etwas anders: der Vater Einzelhandelskaufmann, die Mutter Verkäuferin. Es gab ein (geerbtes) Reihenhaus, einen Hund und eine Katze, Kindertheaterbesuche und Ausflüge in den Nürnberger Tiergarten. Karin

Schmidt, Sachbearbeiterin im Regensburger Jugendamt, stufte Justin nach dem Tod seiner Eltern als »ausgesprochen gutherzigen und höflichen Jungen mit einer nur marginal wahrnehmbaren Einschränkung der geistigen Leistungsfähigkeit« ein und gab ihrer Hoffnung Ausdruck, »eine dauerhafte Lösung in einer zuverlässigen Pflegefamilie« für ihn zu finden. Eine Hoffnung, die sich nicht erfüllte: Justin blieb in einer Jugendeinrichtung hängen und wurde von den weniger gutherzigen Jungen als »Schwuli« und »Weichei« gemobbt. Auf dem Weg zum Hauptschulabschluss drehte er mehrere Ehrenrunden, geriet in schlechte Gesellschaft und erwies sich als »erschreckend naiv und leicht beeinflussbar«, wie Schmidts Nachfolger lapidar feststellte, ehe er einen Haken an die Akte machte, weil Justin volljährig und ein Fall fürs Jobcenter geworden war.

*

»Das ist ein paar Jahre her, da muss ich ins Archiv«, sagte Dr. Sauer, die Therapeutin, die Maria Hecht laut Auskunft von Luises Stiefvater nach deren Drogenentzug betreut hatte, am Telefon. »Einen Moment, bitte.«

Kastner hoffte, dass das Archiv keine Kellertreppe, sondern nur einen Mausklick entfernt war. Er hatte Glück.

»Maria Hecht ... Sie haben recht, Frau Hecht war eine meiner Patientinnen. Natürlich, jetzt erinnere ich mich wieder an den Fall.«

»Wenn ich richtig informiert bin, hatte Maria ein ganzes Bündel von Problemen: Essstörungen, Angststörungen, Drogenmissbrauch, eine gewisse sexuelle Freizügigkeit ...«

»Sie wissen, dass die ärztliche Schweigepflicht über den Tod eines Patienten hinaus gilt?«

»Ja. Vielleicht können wir ganz allgemein sprechen? Ich ermittle in einem Mordfall, und es wäre sehr wichtig für mich, gewisse Zusammenhänge zu verstehen.«

»Hm«, machte Dr. Sauer. »Sagen wir so: Die von Ihnen genannte Symptomatik spricht für eine dissoziative Persönlichkeitsstörung, die man besser früher als später behandeln sollte. Leider war der Zeitgeist lange ein anderer – bloß nicht auffallen, lieber alles unter den Teppich kehren und hoffen, dass es sich auswächst. Was es selten tut.«

»Wie kommt es zu einer solchen Persönlichkeitsstörung?«

»Dafür sind ganz unterschiedliche Gründe denkbar. Allerdings kann eine Essstörung in Verbindung mit extremer sexueller Freizügigkeit ein Hinweis auf sexuellen Missbrauch in der Kindheit oder Jugend sein ...«

»Sie wissen, dass Sie bei Kindesmissbrauch nicht an Ihre Schweigepflicht gebunden sind? Wenn Sie zur Polizei gegangen wären, hätte man den Täter zur Rechenschaft ziehen können!«

»Das bezweifle ich. Manche Patienten wollen sich nicht an einen Missbrauch erinnern, Herr Kastner, und manche können es nicht. Das nennt man Verdrängung: Das Gehirn schottet traumatische Erfahrungen so vom Bewusstsein ab, dass ein Zugriff nicht mehr möglich ist. Dann bleibt der Missbrauch eine Hypothese – eine plausible Hypothese, aber eben nicht mehr.«

»Sie wissen also nicht, wer Maria Hecht missbraucht hat?«

»Nein. Aber in den meisten Fällen sind die Täter Bekannte – Nachbarn, jemand aus dem Sportverein. Familienangehörige.«

*

Kastner fühlte sich in dem kleinen Büro der *Muskatblüte* allmählich wie zu Hause. Er ließ sich von Krafcik noch einen Cappuccino bringen und führte ein weiteres Telefonat.

»Sie waren mit Margarethe Hecht befreundet? Sie waren Nachbarinnen?«

»Und Sie sind der Kollege von der netten Dame, mit der ich gestern geredet habe?«

»Ja«, bestätigte Kastner.

»Sagen S' ihr bitte schöne Grüße«, bat Frau Riemenschneider. »Seit die Marcharedd nimmer da ist, bin ich halt schon recht einsam. Da freut man sich, wenn mal eins mit einem plaudert.«

»Haben Sie Margarethes Bruder gekannt? Stefan Glauber, später Stefan Glauber-Butterscheidt?«

»Sie meinen den Koch. Den, der nach München geheiratet hat.«

»Genau den. Wie war denn das Verhältnis zwischen Margarethe und ihrem Bruder?«

»Wie die Maria noch klein war, war der oft da. Dann hat es einen Streit gegeben und die Marcharedd hat ihn nimmer sehen wollen. Wenn von dem ein Brief gekommen ist, hat sie den gleich zusammengeknüllt und in den Müll geschmissen.«

»Worum ging denn der Streit?«

Frau Riemenschneider schwieg.

»Hatte es vielleicht etwas mit Maria zu tun?«, insistierte Kastner.

»Ich sag's mal so«, sagte Frau Riemenschneider gedehnt: »Das war die Zeit, wo die Maria plötzlich zum Kotzen angefangen und ständig Bauchweh gehabt hat. Das ist die Pubertät, hat die Marcharedd gesagt. Aber es ist später nicht besser geworden.«

»Hat Margarethe jemals angedeutet, dass ihr Bruder Maria sexuell missbraucht hat?«

»Nein, also ... Nein. Über so was hat man damals nicht geredet. Da hat man sich viel zu sehr geschämt.«

Der Zeitgeist. Bloß nicht auffallen, lieber alles unter den Teppich kehren ... »Die Einzigen, die sich schämen müssen, sind die Täter, Frau Riemenschneider. Und sie sind auch die Einzigen, denen Schweigen etwas nützt.«

»Na ja. Mir ist halt aufgefallen, dass das alles zur gleichen Zeit passiert ist: die Kotzerei, der Streit ... Die Marcharedd hat gesagt, dass ihr der Schweinhund nimmer unter die Augen kommen braucht. Da macht man sich schon so seine Gedanken.«

»Hat Margarethe jemals mit Marias Tochter über diese Dinge gesprochen?«

»Mit der Luise?«

»Mit der Luise.«

»Jetzt wo Sie fragen ... Einmal war was im Fernsehen über den. Das war ja ein ganz berühmter Koch später, der Bruder von der Marcharedd. Und ich hab zur Luise gesagt: ›Schau hin, das ist dein Großonkel!‹, und die Marcharedd hat gesagt: ›Das ist ein böser Onkel, mit dem wollen wir nix zu tun haben.‹ Da war die Luise vielleicht acht oder neun. Ein paar Tage später hat sie mich gefragt, was der Mann denn Böses gemacht hat – die Luise, die war schon als Kind eine ganz Schlaue. Und neugierig war sie auch, die hat sich nicht so leicht abwimmeln lassen. Ich hab ihr gesagt, sie soll das mal besser ihre Oma fragen.«

»Mehr wissen Sie nicht?«

»Nein.«

»Danke, Frau Riemenschneider. Und ... Falls Sie sich mal wieder so Ihre Gedanken über etwas machen: Rufen Sie bitte im Zweifelsfall die Polizei.«

*

Kastner informierte Claudia und Little Joe über seine neuesten Erkenntnisse. Er hätte gerne umgehend mit Luise gesprochen, aber jemand klopfte an die Tür seines geliehenen Büros.

Es war Wernreuther.

»Hier versteckst du dich!«, sagte er. »Es geht gleich los, Kastner, und Krafcik will die Abläufe noch mal kurz mit allen durchgehen. Kommst du?«

*

Krafcik bat mit großer Geste um Stille. »Über hundert Teams aus ganz Franken haben sich für *FrankenKocht!* beworben! Fünfzig davon hatten das Glück, als Teilnehmer ausgelost zu werden, nur drei haben es bis in die letzte Runde geschafft ... Ich wette, ganz Franken brennt darauf, endlich zu erfahren, welches Finalteam das perfekte Weihnachtsdinner kreiert und unsere Sterne-Jury mit seinem Konzept am meisten überzeugt hat!«

Das Publikum klatschte.

Krafcik stellte die Teams und die Menüs noch einmal vor, bat die Finalisten, die Organisatoren und die Hauptsponsoren um ein paar abschließende Worte und verlas ein Grußwort des Nürnberger Oberbürgermeisters, ehe er die Jury hereinbat. Auch die drei Sterneköche machten es noch eine Weile spannend: Drehermann würdigte einmal mehr seinen »viel zu früh auf tragische Weise verstorbenen Freund und Mentor« Stefan Glauber-Butterscheidt und bat um eine Schweigeminute, die er selbst nach dreißig Sekunden mit einem Händeklatschen beendete: »Jetzt aber los«, rief er. »Ich habe gehört, hier wird heute Abend noch mit Champagner und Hors d'œuvres gefeiert, und ich denke, das haben wir uns nach der aufregenden Finalwoche dieses spannenden Wettbewerbs auch redlich verdient! Alle drei Endrundenteams haben abgeliefert und Menüs kreiert, die den Sieg verdient hätten, aber am Ende mussten wir eine Wahl treffen ... Inga? Als Chef de Cuisine der *Muskatblüte* hast du das Heimrecht, vielleicht möchtest du dem Publikum unsere Entscheidung erläutern?«

Inga nickte. »Ja, danke, Arn Axel! Was soll ich sagen? Ein überzeugendes Konzept der Regionalität, der Nachhaltigkeit und der kurzen Wege, ein klares Bekenntnis zur Jahreszeit und zur traditionell fränkischen Küche, ein in allen Gängen stimmiges und teils spektakulär präsentiertes Weihnachtsmenü – besser hätte man das Thema der Finalwoche nicht umsetzen können, darüber waren wir uns schnell einig.«

»Und deshalb gehen neun von neun möglichen Punkten an das Menü, das schon nach der Wertung der Einzelgänge in Führung lag«, sagte Cornetti: »Zur Vorspeise eine feine Hechtklößchensuppe, im Hauptgang ein flambierter Schweinskopf ...« Der Rest ihrer Rede ging im Beifall des Publikums unter, in den sich vereinzelt Buhrufe von Wanderschäfer-Hooligans mischten.

»Eine einstimmige Jury-Entscheidung!«, rief Krafcik. »Wer hätte das gedacht? Und damit ist das perfekte Weihnachtsdinner gekürt, *FrankenKocht!* ist entschieden, die Gewinner stehen fest: Es ist Team Zwei, es sind unsere kochenden Kommissare! Herzlichen Glückwunsch!«

*

Nach der Verleihung der fränkischen Kochkrone wurde im Gastraum der *Muskatblüte* noch ein wenig gefeiert – gewohnt kultiviert, natürlich. Kastner machte gegenüber Krafcik eine Andeutung über ein kühles, hefetrübes Kellerbier mit einer feinporigen Schaumkrone, zwei Minuten später stand es vor ihm auf dem Tisch. Er stieß mit allen an, dann stahl er sich davon und ging durch den Flur ins Nebenzimmer. Auch dort wurde gefeiert – Annika Seitz trug stolz das Rauschgoldengel-Krönchen auf dem blonden Haar, Kristina Popow war Zweite geworden. Luise hatte den dritten Platz belegt ...

»Das war eine ganz knappe Entscheidung!«, sagte sie fröhlich. »Aber na ja – Rauschgoldengel sind halt eher blond als schwarz, da kann man nix machen. Sie und Ihr Kollege haben haushoch gewonnen, stimmt's? Darauf müssen wir anstoßen! Sie trinken doch einen Schluck Prosecco mit mir? Er ist schon ein bisschen lauwarm, aber wenn man ihn zackig runterkippt, geht's.«

Kastner tat ihr den Gefallen und stieß mit ihr an. »Sind Sie gar nicht enttäuscht?«, fragte er.

»Ach was! Weshalb denn? Lady Hammerhai muss das nächste halbe Jahr Geschenke in Kindergärten und Altenheimen verteilen und kriegt dafür nichts als einen popeligen Škoda Fabia; und Lady Schlüsselbein muss sie vertreten, wenn sie ihre Tage hat – wer braucht das? Kommen Sie mit auf die Kellertreppe? Ich muss jetzt eine rauchen!«

*

Kastner wartete, bis sich Luise ihre Kippe angesteckt hatte.

»Ich habe mit der Therapeutin Ihrer Mutter telefoniert. Und mit Frau Riemenschneider, der Freundin Ihrer Großmutter.«

»Sie können's nicht lassen, was?« Luise drohte ihm scherzhaft mit dem Zeigefinger. »Was machen Sie eigentlich, wenn Sie gerade mal keine betrunkenen Minderjährigen in Abwesenheit ihrer Erziehungsberechtigten auf der Kellertreppe einer Schankwirtschaft verhören? Haben Sie eine Frau? Kinder? Irgendwelche Hobbys?«

»Sie haben völlig recht, Luise. Es schickt sich nicht, Minderjährige auf der Kellertreppe zu vernehmen, es ist sogar ausdrücklich verboten. Sie könnten mir den Mord an Ihrem Großonkel hier und jetzt gestehen, ohne dass das irgendwelche Konsequenzen für Sie hätte.«

»Das ist ein verlockendes Angebot. Leider muss ich es ablehnen.« Luise machte eine entschuldigende Geste. »Ich hab meinen Großonkel nicht in den Kühlraum gesperrt, da hab ich heut sogar schon einen Eid drauf geschworen – auf was gleich noch mal?«

»Als wir uns am Freitagabend hier auf der Treppe zum ersten Mal begegnet sind, haben Sie geweint. Warum?«

»Daran erinnern Sie sich?« Luise wirkte gerührt.

»Ihr Großonkel hat Ihnen am Freitagabend kein Friedensangebot gemacht. Er wollte Sie kennenlernen, das ja – aber vielleicht hat ihm nicht gefallen, was er gesehen hat? Hat er eine Bemerkung über Ihre Hautfarbe gemacht? Hat er Sie beleidigt? Hat er damit gedroht, sein Vermögen lieber dem Tierschutz zu vererben als einer unehelichen, dunkelhäutigen Großnichte?«

»Ich hab geweint, weil meine Schuhe zwei Nummern zu klein waren«, sagte Luise mit ernstem Gesicht.

»Oder war es ganz anders? Haben Sie Ihren Großonkel auf Ihre Mutter angesprochen? Auf die Gerüchte, die Sie gehört hatten, von Ihrer Großmutter oder Frau Riemenschneider? Hat er Sie eiskalt abblitzen lassen? Hat er nicht Sie beleidigt, sondern Ihre Mutter? Viele Täter versuchen, die Schuld dem Opfer zuzuschieben, Pädophile machen da keine Ausnahme.«

»Sie laufen wohl nicht so oft in High Heels?«, erkundigte sich Luise. »Ich hatte an beiden Fersen blutige Blasen, das hat echt scheiße wehgetan! Wollen Sie's sehen?« Sie machte Anstalten, ihre Schuhe auszuziehen.

*

»Herzlichen Glückwunsch!«, sagte Mirjam. »Ich wusste, dass ihr das schafft!«

Kastner hatte ihr nach der *FrankenKocht!*-Entscheidung eine Nachricht auf die Mailbox gesprochen. Als sie zurückrief, lag er schon im Bett – es war kurz vor Mitternacht.

»Danke«, sagte er. »Es war kein Spaziergang.«

»Na ja – jetzt ist es geschafft und du kannst dich entspannt zurücklehnen. Ein Zwölfgang-Menü in einem Sternerestaurant, da kann man schon mal für drei Tage die Zähne zusammenbeißen, finde ich.«

»Fünf Tage. Es waren *fünf* Tage, Hase.«

»Jetzt mach mal halblang«, sagte Mirjam. »Grob überschlagen stehe ich pro Jahr etwa dreihundertdreißig Tage am Herd, damit du abends was zwischen die Kiemen kriegst, und das seit mehr als zehn Jahren – also worüber reden wir hier?«

Es läuft keine Liveübertragung, während du kochst, hätte Kastner sagen können, niemand fragt dich alle zehn Minuten nach deinem Konzept und vor allem: Du stehst nicht mit Felix Wernreuther am Herd! Aber er wusste, wann es für einen Mann klüger war, zu schweigen.

»Du hast auf dem Schirm, dass meine Eltern morgen um elf Uhr sechzehn auf Gleis zweiundzwanzig am Hauptbahnhof ankommen – sofern es keine Personalausfälle, technischen Störungen oder Probleme mit Anschlusszügen gibt?«

»Freilich, Hase.«

»Du kennst meinen Vater. Er wird dich vor Tau und Tag anrufen und sagen, du sollst dir keine Umstände machen und dass sie ein Taxi nehmen können ...«

»Und ich werde behaupten, dass es absolut keine Umstände macht.«

»Und du kennst meine Mutter: Sie wird mit ihrem dreizehnteiligen Kofferset anreisen. Also räum bitte deine leeren Bierkästen aus dem Toyota, bevor du die beiden abholst.«

»*Same procedure as every year* – ich weiß Bescheid, Hase.«

»Und denk dran, ein bisschen was für die Feiertage einzukaufen. Viel brauchen wir ja nicht, wenn wir Heiligabend in der *Muskatblüte* speisen ... Vielleicht kannst du beim Metzger einen Ring von der Hausmacher Stadtwurst besorgen, auf die Markus so steht, und beim Weinhändler einen Karton guten Beaujolais für Charlotte?«

Dienstag, 24. Dezember. Ein perfektes Weihnachtsdinner

Punkt sieben Uhr zehn am Morgen klingelte das Festnetztelefon im Flur. Kastner hob schlaftrunken den Hörer ab, er wusste, wer anrief – genau genommen waren die seltenen Anrufe von Mirjams Vater der einzige Grund, aus dem er noch ein Festnetztelefon besaß.

»Markus«, sagte er.

»Guten Morgen, Kastner. Ich hoffe, ich habe dich nicht geweckt?«

»Ach was.«

»Ich wollte mich nur mal kurz melden, bevor wir uns auf den Weg machen. Miri sagt, du willst uns am Bahnhof abholen? Das ist wirklich nicht nötig, wir können ein Taxi nehmen.«

»Das kommt gar nicht infrage. Natürlich hole ich euch ab – es ist mir ein Vergnügen.«

»Wir wollen dir keine Umstände machen ... An Heiligabend einen Parkplatz vor dem Nürnberger Hauptbahnhof zu ergattern ist bestimmt schwierig, und Charlotte hat einiges an Gepäck dabei.«

»Es macht mir keine Umstände, Markus.«

»Na gut, wie du meinst. Treffen wir uns am Südausgang?«

Kastner fand das eine fabelhafte Idee, ahnte jedoch, was Mirjam dazu sagen würde. »Ich stehe am Gleis, wenn ihr ankommt, und helfe euch mit dem Gepäck«, versprach er heroisch.

*

In der Kaffeedose waren nur noch ein paar Krümel, der Kühlschrank war erschütternd leer. Kastner fand zwei Toastscheiben, die sich hygroskopisch nach der Erdkrümmung ausgerichtet hatten, einen ranzigen Rest Pflanzenmargarine, eine angebrochene Dose Ölsardinen und ein halbes Glas Weißwurstsenf. Er zwängte die beiden Toastscheiben in den Toaster und verrührte alles andere zu einer Art Brotaufstrich. Es schmeckte, wie es aussah. *Franken-Kocht!, the true story!*, sagte er in eine imaginäre Kamera. Nach dem Frühstück widerstand er tapfer der Versuchung, sich *entspannt zurückzulehnen,* und stellte sich stattdessen den Herausforderungen eines glücklichen Familienlebens. Er schrieb eine To-do-Liste, die es mit Wernreuthers Kochplan an Umfang locker aufnehmen konnte: Staub saugen, Bad putzen, abspülen, Bett überziehen, Müll entsorgen, Kofferraum ausräumen, tanken, einkaufen ... Schon beim ersten Tagesordnungspunkt grätschten ihm höhere Mächte in den Tatendrang. Der Staubsaugerbeutel war voll, die Staubsaugerbeutelverpackung hingegen leer. Er setzte sich an den Küchentisch und begann, den Inhalt des vollen Staubsaugerbeutels mithilfe einer Fondue-Gabel herauszukratzen, als sein Handy klingelte.

Es war Little Joe.

»Sorry«, sagte Kastner in die imaginäre Kamera, »da muss ich leider rangehen.«

*

»Ich hab dir was geschickt«, sagte Little Joe.

»Ach ja?« Kastner ging, das Handy am Ohr, ins Wohnzimmer, schob einige Pizzakartons und leere Bierflaschen beiseite und klappte Mirjams Laptop auf. »Ich sehe die

Nachricht, aber ich kann den Anhang nicht öffnen. Unbekanntes Dateiformat?«

»Ja, das kann sein«, gab Little Joe zu. »Ich hab eine Matrix mit dreidimensionalem Zeitstrahl erstellt, da braucht man ein besonderes Programm. Das kann man sich aber ganz bequem online runterladen.«

»Vielleicht in deiner Welt«, knurrte Kastner. »In meiner Welt ist das W-Lan schlecht, und außerdem hab ich eigentlich Urlaub ... Vielleicht kannst du das Ergebnis deiner Ermittlungen kurz mündlich zusammenfassen?«

Little Joe seufzte. »Es geht um die Alibis. Ich hab die Räumlichkeiten der *Muskatblüte* genau vermessen, bin jede Strecke mit der Stoppuhr abgegangen und hab die Zeitangaben der Verdächtigen untereinander in Relation gesetzt. Und siehe da: Es gibt nur eine Person, die für die Tatzeit kein Alibi hat.«

»Luise Hecht«, vermutete Kastner.

»Malte Kern«, sagte Little Joe.

Kastner versuchte, sich darauf einen Reim zu machen. »Luise Hecht hat ein starkes Motiv, genau genommen sogar zwei ... Ich bezweifle, dass irgendjemand bessere Gründe hatte, den alten GB in den Kühlraum zu sperren«, gab er zu bedenken. »Auch Inga Schiffer hat ein passables Motiv, und vielleicht noch ein paar andere Leute ... Aber Malte Kern? Weißt du da mehr als ich?«

Little Joe schwieg.

»Hallo?«, fragte Kastner. »Bist du noch dran?«

»Um ehrlich zu sein: Motive spielen in meiner Matrix eine eher untergeordnete Rolle. Genau genommen gar keine.«

Kastner hob eine der Bierflaschen hoch und hielt sie gegen das Licht, das durch das Wohnzimmerfenster fiel. Gegenüber Mirjam behauptete er gern, dass Männer prinzipiell nicht multitaskingfähig seien, aber es gab Ausnahmen, die die Regel bestätigten: Er ergänzte seine To-do-Liste im Geiste um den Punkt »Fensterputzen« und stellte fest, dass sich in der Flasche ein Rest befand, der deutlich oberhalb der Geringfügigkeitsschwelle lag. »Demnach kann ich mir die Mühe sparen, online ein Programm herunterzuladen, mit dem ich deine Matrix öffnen kann? Weil man sie eh in der Pfeife rauchen kann?«

»Malte Kern hat kein Alibi«, wiederholte Little Joe. »Luise Hecht und Inga Schiffer schon.«

»Da bin ich gespannt«, sagte Kastner und kippte das Restbier. Es schmeckte schal, aber Verschwendung war ihm ein Gräuel.

»Luise Hecht war zur Tatzeit im Büro der *Muskatblüte*. Sie hat eine Flasche Champagner getrunken, die sie im Weinkeller geklaut haben muss, mehrere Kippen im Topf des Gummibaums ausgedrückt und Internetrecherchen über GB angestellt. Inga Schiffer hat Luise zehn vor neun mit den Füßen auf dem Tisch dort angetroffen und hochkant rausgeschmissen. Die Uhrzeit ergibt sich aus dem Internetprotokoll, Luises persönliche Anwesenheit aus ihrer DNA an der Champagnerflasche und den Kippenstummeln. Damit hat auch Inga Schiffer ein Alibi.«

»Was ist mit den anderen? Drehermann? Zarah und Zarahída?«

»Drehermann ist Punkt zwanzig Uhr achtunddreißig vor der *Muskatblüte* in ein Taxi gestiegen und hat sich nach Hause fahren lassen, das hat der Fahrer bestätigt. Justin war zur Tatzeit in der Küche, genau wie Zarah und Zarahída – Juli Schönberger hat sie dort gesehen. Die hat sich gewundert, warum Kristina Popow so lange braucht, um eine weitere Flasche Prosecco zu besorgen, und ist nachschauen gegangen ... Sie hat nach Karel Krafcik gefragt und eine Weile vergebens auf ihn gewartet, und sie hat dabei mehrmals auf die Uhr gesehen. Wo Krafcik und Popow waren, wissen wir. Die übrigen Rauschgoldengel waren alle im Nebenzimmer ... Falls du oder Wernreuther es nicht waren, bleibt nur Malte Kern übrig. Ich habe ihn für heute Vormittag ins Präsidium zur Befragung geladen. Möchtest du dabei sein?«

»Ich bin sofort da«, sagte Kastner.

*

Kastner war skeptisch, was Little Joes Matrix betraf – nicht, weil er seinem Kollegen misstraute, sondern weil er überzeugt war, dass die kluge Luise ihren Großonkel auf dem Gewissen hatte. Trotzdem ging er die Unterlagen über Malte noch einmal gewissenhaft durch. Hatte er etwas übersehen? Immerhin hatten sich Malte und GB kurz vor der Tat gestritten – weshalb? Aber so gründlich er auch suchte: Er fand keinerlei Verbindung zwischen Malte und GB. Resigniert schloss er die Dateianhänge, die er geöffnet hatte, einen nach dem anderen. Dann stach ihm plötzlich ein Detail ins Auge, dem er zuvor keine Beachtung geschenkt hatte.

*

»Justins Eltern sind bei einem Autounfall ums Leben gekommen?«, fragte Kastner.

Malte, der zu Little Joes Fragen bisher stoisch geschwiegen hatte, hob den Blick. »Ja. Das stimmt.«

»Ich bin im Archiv der *Süddeutschen Zeitung* darüber gestolpert: Im Oktober zweitausendelf rast auf der Münchener Stadtautobahn ein Sportwagen durch die provisorische

Leitplanke einer Baustelle und kollidiert auf der Gegenfahrbahn mit dem Renault Clio der Regensburger Familie H., die auf dem Weg ins Allgäu ist, um über die Herbstferien Bekannte zu besuchen. Der Sportwagen überschlägt sich und fängt Feuer, von dem Kleinwagen bleibt nur ein Klumpen gefaltetes Blech ... Die Rettungskräfte nennen es ein Wunder, dass jemand überlebt hat.«

»Justin lag drei Wochen im Koma«, sagte Malte. »Er hatte eine Gehirnquetschung und einen Lungenriss. Sie haben darüber nachgedacht, ihm beide Unterschenkel zu amputieren.«

Kastner nickte. »Der Sportwagenfahrer war betrunken, er ist zu schnell gefahren und er hatte keinen Führerschein. Die Kfz-Versicherung verlangt deswegen zunächst Regress von seinen Erben, sprich: von seinen Eltern; aber die schlagen das Erbe aus und die Regressforderung ist hinfällig. Als Nächstes versucht die Versicherung, dem Vater eine Mitschuld an dem Unfall nachzuweisen ...«

»Welcher Arsch stellt denn einem Achtzehnjährigen ohne Führerschein einen vollgetankten Ferrari vor die Tür, drückt ihm die Autoschlüssel und eine Flasche Schnaps in die Hand und wünscht noch einen schönen Abend?«, fuhr Malte auf.

»Das ist eine gute Frage«, gab Kastner zu. »Allerdings eher eine moralische als eine juristische. Glauber-Butterscheidt streitet jede persönliche Verantwortung ab und lässt ein Heer gewiefter Anwälte von der Kette. Das Verfahren wird eingestellt, die Versicherung bleibt auf der immensen Schadenssumme sitzen ...«

»Der Arsch hat sich freigekauft! Der hatte die besseren Rechtsverdreher, die besseren Beziehungen ... Alle Zeitungen haben über den Unfall berichtet, und immer ging es nur um den berühmten Sternekoch, der auf tragische Weise seinen einzigen Sohn verloren hat. Für Justin hat sich keine Sau interessiert!«

»Das kann einen wütend machen«, schlug Kastner vor.

Malte hob die breiten Schultern und ließ sie wieder fallen.

»*War* Justin wütend auf Glauber-Butterscheidt? Hat er ihn für sein Schicksal verantwortlich gemacht? Immerhin hat die Versicherung gezahlt: Bergungskosten, Bestattungskosten, Krankenhauskosten, Reha-Maßnahmen, Schmerzensgeld, Unterhalt, Waisenrente ...«

»Zwei Gräber, sechs Wochen auf Intensiv, drei Monate im Rollstuhl, ein halbes Jahr Reha, fünf Jahre im Jugendheim«, rechnete Malte dagegen. »Was ist ein komplett ruiniertes Leben wert? Klar hat die Versicherung gezahlt, aber Justin hat davon keinen Urlaub auf Ibiza gemacht: Das ging alles für seinen Unterhalt drauf!«

»Also war Justin der Meinung, dass Glauber-Butterscheidt ihm etwas schuldet«, wiederholte Kastner.

»Er *hat* ihm was geschuldet! Hast du das bei deiner Rumschnüffelei nicht rausgefunden? Glauber-Butterscheidt hat Justin außergerichtlich zehntausend Euro angeboten, das war einer der Gründe, warum die das Verfahren dann eingestellt haben. Er hat sich dafür feiern lassen wie Mutter Theresa, dabei wollte er Justin einfach nur mundtot machen: keine weiteren Forderungen oder Schuldvorwürfe, Stillschweigen gegenüber Dritten ...«

»Justin hat sich darauf eingelassen?«

»Er war dreizehn! Seine Betreuer haben sich darauf eingelassen. Und dann hat Glauber-Butterscheidt nicht mal gezahlt! Gleich nach Justins Reha hat er knapp zweitausend Euro überwiesen, danach sind seine Anwälte ständig mit Ausreden angekommen. Justins Betreuer haben Mahnungen geschrieben und mit Klage gedroht, er hat wieder ein paar Euro fuffzich locker gemacht, das Spiel ging von vorne los. Seit Justin volljährig ist, hat er gar nix mehr rausgerückt.«

»Ich bin kein Jurist«, sagte Kastner, »aber na ja, es gab einen Vertrag. Warum ist Justin nicht vor Gericht gegangen?«

Malte sah ihn mitleidig an. »Für eine Zivilklage braucht man Kohle. Kohle, die Justin nicht hat. Und wenn er sich öffentlich über Glauber-Butterscheidts Zahlungsmoral beklagt hätte, hätte der ihn seinerseits wegen Vertragsbruchs drangekriegt – Justin hätte das Geld, das er bereits bekommen hatte, zurückzahlen müssen, und wer weiß was noch on top: Verfahrenskosten, Anwälte ... Am Ende hätte *er* dem Arsch zehntausend Euro Schmerzensgeld zahlen müssen, wegen übler Nachrede!«

Kastner war kein Jurist, er konnte nicht beurteilen, ob diese Einschätzung der Rechtslage realistisch war. Aber er glaubte sofort, dass man leichter an sein Recht kam, wenn man Geld hatte ... »Wie viel ist Glauber-Butterscheidt Justin denn schuldig geblieben?«

»Knapp sechstausend Euro.«

»Und darauf hast du ihn am Freitagabend angesprochen?«

Malte öffnete den Mund, dann schloss er ihn wieder und dachte nach, ehe er sagte: »Wie schon erwähnt: Der Typ war ein Arsch. Das wollte ich ihm einfach mal mitteilen.«

»War das Justins Idee? Hat er dich vorgeschickt, um Glauber-Butterscheidt ein bisschen Druck zu machen?«

Malte schüttelte den Kopf. »Da bist du aber komplett auf dem Holzweg, Mann! Justin stellt sich immer hinten an, wenn der Nachtisch verteilt wird, der hat irgendwie nicht mitgekriegt, dass man auch mal mit der Faust auf den Tisch hauen muss! Als rauskam, dass Glauber-Butterscheidt im

Finale als Juror aufläuft, war ihm das superpeinlich – er hat sich geschämt, verstehst du?! Als hätte *er* irgendwas falsch gemacht!«

»Justin und du, ihr habt euch bei einer Resozialisierungsmaßnahme kennengelernt? Auf einem Biobauernhof? Wann war das?«

»Vor gut zehn Jahren. Wir waren sechzehn und hatten beide Scheiße gebaut. Ich war Vollprofi im Scheißebauen, aber Justin ... Er hätte ein ganz normales Leben haben können, wenn der Unfall nicht passiert wäre.«

»Und das hast du Glauber-Butterscheidt am Freitagabend unter die Nase gerieben? Wie hat er reagiert?«

»Tja, wie hat er reagiert?« Malte kraulte sich den Bart. »Wie ein Arschloch?«

»Geht das ein bisschen genauer?«, bat Kastner.

»Er hat getan, als wüsste er nicht, wer Justin ist. Ich hab's ihm erklärt. Er war angepisst.«

»Also war es reiner Zufall, dass sich Justin und Glauber-Butterscheidt in der *Muskatblüte* begegnet sind? Justin war peinlich berührt, Glauber-Butterscheidt war peinlich berührt ... Vielleicht waren die drei Punkte für euer Lachsröllchen ein Friedensangebot?«

»Unser Lachsröllchen war drei Punkte wert.«

Etwas an Maltes Tonfall, vielleicht auch an seiner Mimik oder seiner Körperhaltung, kam Kastner merkwürdig vor. *Dreister Prolet, Trittbrettfahrer, versuchte Erpressung ...* Ihm kam ein Gedanke. »Hast du Glauber-Butterscheidt nahegelegt, euch auch für den Hauptgang, das Dessert und das Gesamtmenü die volle Punktzahl zu geben? Fünftausend Euro Preisgeld ... Wenn er euch den Sieg zugeschanzt hätte, hätte er seine Geldschulden halbwegs wettmachen können.«

Malte sagte dazu wohlweislich nichts.

Dreister Prolet, Trittbrettfahrer, versuchte Erpressung, üble Nachrede, Anwalt, längerer Hebel ... So ergab alles einen Sinn. »Du hast ihm einen Deal vorgeschlagen, er war empört. Er hat dich einen dreisten Proleten genannt, einen Trittbrettfahrer, der sich in fremde Angelegenheiten einmischt ... Angelegenheiten, von denen du gar nichts hättest wissen dürfen, wenn sich Justin an seine Verschwiegenheitserklärung gehalten hätte. Hat er dir erklärt, dass er am längeren Hebel sitzt? Dass er dafür sorgen wird, dass ihr beide aus dem Wettbewerb fliegt? Hat er mit seinen Anwälten gedroht, mit einer Klage wegen versuchter Erpressung?«

Malte kämpfte sichtlich mit sich. Offenbar war ihm klar, dass er jetzt besser den Mund gehalten hätte, aber irgendetwas schien unbedingt aus ihm herauszuwollen ... Kastner wartete geduldig. Es gab Verdächtige, die beharrlich schwiegen, es gab Verdächtige, die das Blaue vom Himmel herunterlogen. Und es gab Verdächtige, die der Welt unbedingt etwas mitteilen wollten, auch wenn sie sich, wie Luise es ausgedrückt hätte, damit um Kopf und Kragen brachten. Malte gehört zu den Letzteren.

»Er hat Sachen über Justin gesagt. Miese Sachen – ganz miese Sachen.«

Justin. Offenbar war Justin Maltes offenes Visier, seine ungeschützte Flanke ... Anscheinend sah er sich als Justins Beschützer, als sein Schild und Schwert, als den Einzigen, der den »ausgesprochen gutherzigen und höflichen Jungen mit einer nur marginal wahrnehmbaren Einschränkung der geistigen Leistungsfähigkeit« gegen die böse Welt verteidigen konnte. Und wahrscheinlich war er das auch ... »Was hat er denn gesagt, über Justin?«

Malte schluckte mehrmals trocken. »Dass Justin ein Loser ist. Dass er solche Versagertypen kennt, die im Leben nichts auf die Reihe kriegen, weil ihre ganze Energie dafür draufgeht, die Schuld bei anderen zu suchen. Dass Justin den Unfall als bequeme Ausrede benutzt, um auf Kosten der Allgemeinheit zu leben. Dass die Welt solche Jammerlappen und Weicheier nicht braucht, dass niemand ihnen was schuldig ist, und er schon gar nicht. Dass sein Sohn aus einem ganz anderen Holz geschnitzt war ...«

»Er hat über seinen Sohn gesprochen?«

Malte nickte und rang nach Worten. »Er hat gesagt, Justin kann froh sein, dass er noch lebt. Und dass, seiner Meinung nach, der falsche Junge gestorben ist.«

Das ergab mehr als Sinn. Das ergab ein Motiv.

»Was ist nach dem Streit passiert?«, fragte Kastner.

»Der Arsch hat mich stehen lassen. Er ist in die Herrentoilette rein, zehn Sekunden später kam er wieder raus und ist den Flur runter.«

»Du bist ihm nachgegangen?«

Malte nickte grimmig.

»Möchten Sie mit einem Anwalt sprechen, Herr Kern?«, erkundigte sich Little Joe pflichtbewusst.

»Schau ich aus wie einer, der die Visitenkarte von einem Scheißanwalt in der Brieftasche hat?« Malte schlug mit der flachen Hand auf den Tisch.

Little Joe zuckte zusammen. »Falls Sie die Anwaltskosten nicht tragen können ...«

»Ich wollte den Arsch nicht umbringen!«, sagte Malte zu Kastner. »Echt nicht! Ja, ich war angepisst, weil er mich wie einen Idioten stehen lassen hat! Und ich hab mich gefragt, wo er hinwill ...«

»Hast du es herausgefunden?«, fragte Kastner.

Malte zuckte die Achseln. »Er hat im Keller eine Line gezogen.«

»Woher weißt du das?«

»Ich erkenn einen Kokser, wenn ich einen seh. Und er hat Spuren hinterlassen. Auf dem Edelstahltisch, im Gärkeller.«

»Was ist dann passiert?«

»Ich dachte, dass wir darüber reden sollten. Über die Thema Kokserei.«

»Du dachtest, dass er danach vielleicht ein bisschen weniger überheblich wäre? Ein bisschen – kompromissbereiter?«

Malte zuckte die Achseln.

»Es hat nicht geklappt«, vermutete Kastner.

»Keine Ahnung, ob es geklappt hätte. Der Feigling ist davongelaufen und hat sich wie eine Kakerlake im Kühlraum verkrochen. Ich hab einfach nur die Tür verriegelt. Um ihm ein bisschen Angst zu machen.«

»Hast du es Justin erzählt?«

Malte sah ihn an, als sei er schwachsinnig. »Justin wollte später noch die Kohlrouladen in den Kühlraum bringen. Ich hab ihm gesagt, er soll sie in den Kühlschrank stellen ... Justin hätte den Arsch ja sofort wieder rausgelassen und sich dreimal entschuldigt! Ich wollte ihn aber gern ein bisschen schmoren lassen.«

»Schmoren?«

»Na ja – frösteln. Er sollte über alles mal in Ruhe nachdenken. Ich hatte nicht vor, den umzubringen, echt nicht! Ich bin davon ausgegangen, dass irgendeiner an dem Abend noch mal runtergeht und ihn findet, oder halt am nächsten Morgen ... In dem Kühlraum hat's nicht mal Minusgrade, wer kann denn ahnen, dass man da so schnell erfriert?«

»Ein unbekleideter Europäer friert bereits bei einer Außentemperatur von achtzehn Grad Celsius«, verriet Little Joe.

»Wenn er sich nicht ausgezogen hätte, wäre er nicht unbekleidet gewesen«, hielt Malte dagegen.

»Und wenn Sie den Türhebel nicht abgewischt hätten, hätten wir vielleicht an einen Unfall geglaubt. An ein Versehen«, konterte Little Joe.

»Den Türhebel abgewischt?« Malte runzelte die Stirn. »Ich hab den beschissenen Türhebel nicht abgewischt!«

»Na ja, das können Sie ja dann später alles dem Richter erzählen«, schlug Little Joe vor.

Nachdem Malte sein Geständnis unterschrieben hatte, sah Kastner auf die Uhr und erschrak: Es war kurz vor elf, Mirjams Eltern standen quasi ante portas.

*

Der Parkplatz südlich des Bahnhofs war voll belegt. Kastner stellte den Toyota in einer weit entfernten Seitenstraße in dritter Reihe ab und hoffte, dass auch die Knöllchendamen im Weihnachtsurlaub waren.

»Das wäre wirklich nicht nötig gewesen«, wiederholte Mirjams Vater, als Kastner mit hängender Zunge das Gleis erreichte. »Wir hätten ein Taxi nehmen können.«

Charlotte, Mirjams Mutter, winkte aus der gelb markierten Raucherzone. Kastner half Markus, Charlottes Gepäck aus dem Zug zu schleppen. Der Schaffner stand grimmig daneben, die Trillerpfeife im Mund. »Wird das heute noch?«, fragte er. »Wir haben einen Fahrplan!«

*

»Du liebe Güte!«, rief Markus, nachdem Kastner die Wohnungstür aufgesperrt hatte. Charlotte beäugte amüsiert den

Staubsaugerbeutel, der mit heraushängenden Innereien auf dem Küchentisch lag. »Wir sollten etwas aufräumen, bevor Miri nach Hause kommt«, schlug sie vor. »Warum fangt ihr Jungs nicht schon mal damit an? Ich brauche jetzt erst mal eine Zigarette und einen Aperitif – was gibt's zu trinken?«

*

Das Zwölfgang-Menü in der *Muskatblüte* war definitiv ein Ereignis. Am Eichenholztisch saßen Kastner, Mirjam und ihre Eltern, Wernreuther mit dem famosen Theo Bahlke samt Gattin, Claudia mit ihren beiden Kindern, Jochen Rollfeld und, auf Wernreuthers besonderen Wunsch, Polizeidirektor Wismeth. Kastners Vorschlag, einen Teil des Preisgelds dafür zu verwenden, die anderen Finalteilnehmer miteinzuladen, hatte Wernreuther abgelehnt und einen respektablen Gegenvorschlag gemacht: Sie hatten ihr Preisgeld Justin gestiftet, der ja nun mit siebenundfünfzig Schafen allein dastand und es sicher gut gebrauchen konnte.

Karel Krafcik ließ es sich nicht nehmen, das Siegerteam und dessen Gäste persönlich zu bewirten: Er schenkte aufmerksam und freigiebig Wein und Sekt nach, fachsimpelte mit Theo (der, beidhändig eingegipst, abwechselnd von seiner Gattin und Wernreuther gefüttert wurde) beiläufig über den Ausbau eines Veuve Clicquot Brut aus der Auvergne und wies Kastner äußerst diskret darauf hin, dass er seine Consommé mit dem Dessertlöffel aß.

Küchenchefin Inga hatte das *FrankenKocht!*-Siegermenü kurz entschlossen in ihre Speisefolge eingebaut, der flambierte Schweinskopf sorgte auch diesmal für Ahs und Ohs und laufende Handykameras. Selbst Claudias Tochter Sofie, eine überzeugte Veganerin, filmte eifrig und stellte den

Clip anschließend online, vermutlich als abschreckendes Beispiel für dekadenten Speziesismus. Jannik war es gelungen, seine Handflächen just in time von der heimischen Tischplatte zu lösen, wenn auch nicht restlos – stolz wie ein Kriegsveteran zeigte er drei Quadratdezimeter Nussholzfurnier vor, wenn jemand ihn bat, einen Teller oder eine Flasche weiterzureichen, und suchte im Übrigen den Schulterschluss mit dem ebenfalls greifbehinderten Theo Balke.

»Mal unter uns, Jungs«, sagte Claudia nach Käse und Espresso zufrieden: »Wenn man davon absieht, dass der Auftritt des brennenden Schweinehauptes sensible Gemüter verstören kann, war euer Weihnachtsmenü gar nicht mal so schlecht. Kann ich das Rezept haben?«

»Selbstverständlich!«, strahlte Wernreuther und bückte sich nach seiner Aktenmappe.

»Oh – es muss nicht sofort sein!«, wehrte Claudia ab, als er Teller und Gläser beiseiteschob und sich anschickte, zwölf in Struktur und Farbe mittlerweile Papyri aus dem frühen zweiten Jahrhundert nach Christus ähnelnde Din-A4-Blätter auf der Tischplatte auszulegen. »Vielleicht kannst du's mir die Tage einfach mal mailen?«

»Das ist eine *sehr* gute Idee!«, sprang Mirjam ihr bei. »Felix? Was hältst du davon, wenn wir noch eine Flasche Schampus ordern und miteinander anstoßen? Auf Weihnachten und den sensationellen Erfolg der kochenden Kommissare, auf den nebenbei gelösten Mordfall ...?«

»Jaja«, sagte Wernreuther. »Trotzdem möchte ich die Gelegenheit gern nutzen, um die einzelnen Zubereitungsschritte ein bisschen genauer zu erklären – Insidertipps vom Profi, sozusagen. Das wird nicht nur Claudia, sondern alle hier am Tisch interessieren.« Er klopfte mit dem Zeigefinger auf eines der Blätter. »Fangen wir mit der Fischbouillon an ...«

Das perfekte Weihnachtsdinner – der Kochplan

1. Gang/Vorspeise: Feine Bouillon vom fränkischen Flusshecht mit Hechtklößchen und Karamelltomaten

Fischbouillon

1 kg Karkassen und Abschnitte vom fränkischen Flusshecht (ohne Kiemen)
4 Schalotten
1 kleine Fenchelknolle
1 Möhre
1 Petersilienwurzel
1 Stange Lauch
1 Stange Staudensellerie
4 Stängel Petersilie
2 Zweige Thymian
½ TL weiße Pfefferkörner
2 Lorbeerblätter
3 EL Olivenöl
300 ml trockener Frankenwein (Weißwein)
1,5 l Wasser
Salz, Zitronensaft

Kochzeit: 30 min, Zubereitungszeit: 70 min. Den Fisch entschuppen, waschen, filetieren (die Filets für die Hechtklößchen beiseitelegen und kühl stellen). Karkassen und Abschnitte (ohne Kiemen!) waschen und zerteilen. Die Schalotten schälen und klein würfeln. Das restliche Gemüse waschen und in Stücke schneiden. Kräuter waschen (an den Stielen lassen). Das Öl in einem großen Topf erhitzen. Schalotten und Gemüse ca. 2 min. anbraten, mit Weißwein ablöschen und kurz einkochen lassen. Wasser aufgießen.

Fisch, Kräuter, Pfeffer und Lorbeerblätter dazugeben, auf kleiner Flamme sanft köcheln lassen. Schaum immer wieder abschöpfen. Nach 30 min. durch ein mit einem Küchentuch ausgelegten Sieb in einen anderen Topf abgießen, mit Salz und einem Spritzer Zitronensaft abschmecken. Warm halten, aber nicht mehr kochen lassen!

Hechtklößchen
600 g Filet vom frischen fränkischen Flusshecht
400 ml eiskalte Sahne
1 Eiweiß
1 Prise Muskatnuss
1 TL Zitronenabrieb
Salz, weißer Pfeffer

Garzeit: 10 min, Zubereitungs-/Wartezeit: 40 min. Fischfilets sorgfältig entgräten und klein schneiden. Mit den anderen Zutaten im Mixer zu einer glatten, glänzenden Farce vermengen. Für 30 Minuten in den Gefrierschrank stellen, danach mit einem Esslöffel Klöße abstechen und in heißem (nicht kochendem!) Wasser 10 Minuten gar ziehen lassen.

Karamelltomaten
2 EL Butter
12 Kirschtomaten
2 EL Zucker

Zubereitungszeit: 10 min. Butter zerlassen. Kirschtomaten waschen und trocken tupfen, mit flüssiger Butter bestreichen, in Zucker wälzen. Auf ein Backblech legen und unter dem Backofengrill etwa 4–5 min. karamellisieren lassen.

Und dann können wir auch schon anrichten: die heiße Bouillon in tiefe Teller füllen, je zwei Hechtklößchen und Karamelltomaten liebevoll hineinsetzen. Mit frischem Dill garnieren, nach Geschmack einige Tropfen Chili- oder Garnelenöl darüberträufeln. Dazu passt der Frankenwein, der für die Fischbouillon verwendet wurde.

2. Gang/Hauptspeise: Flambierter Schweinskopf mit gratiniertem Chicorée und Hokkaido-Kartoffel-Püree

1 Schweinskopf, ohne Hirn und Zunge
Zum Grillieren: 250 ml kaltes fränkisches Kellerbier
Zum Flambieren: 300 ml Branntwein

Marinade

½ l fränkisches Kellerbier
3 Frühlingszwiebeln, in feine Streifen geschnitten
2 EL mittelscharfer Senf
2 Lorbeerblätter
2 Zitronenscheiben
1 EL Rosinen
1 TL Wacholderbeeren
4 Pfefferkörner
1 Zweig Rosmarin
1 Zweig Thymian

Würzpaste

2 Knoblauchzehen
1 TL Kümmel
1 TL Fenchelsamen
1 TL Paprika edelsüß
1 TL Salz
1 kräftige Prise schwarzer Pfeffer

Sauce

1 Bund Suppengrün (Möhren, Lauch, Knollensellerie, Petersilie, Petersilienwurzel)
2 Zwiebeln mit Schale
1 EL Butterschmalz
½ l Fleischbrühe
Salz, bunter Pfeffer
1–2 EL eiskalte Butter

Vorbereitungszeit: 30 min + 12 h, Bratzeit: ca. 2,5 h. Die Biermarinade anrühren. Dann den Schweinskopf waschen und abtrocknen, alle Borsten mit der Pinzette ziehen. Die Haut mit sehr scharfem Messer schachbrettartig einschneiden. Den Schweinskopf in der Biermarinade über Nacht (mind. 12 h) im Kühlschrank ziehen lassen. Die Marinade soll das Fleisch vollständig bedecken, das klappt am besten in einer dichten Plastiktüte. Am nächsten Tag den Schweinskopf aus der Marinade heben, Marinade in einen Topf gießen. Knoblauch, Kümmel, Fenchel, Paprika, Salz und Pfeffer im Mörser zu einer groben Gewürzpaste zerstoßen, den Schweinskopf gründlich damit einreiben. Das Suppengrün in grobe Würfel schneiden, die Zwiebeln halbieren. Suppengrün und Zwiebeln in einem großen Bräter in Butterschmalz anschwitzen, mit Bier ablöschen. Den Schweinskopf mit der Schnittstelle drauflegen, Ohren und Rüssel mit Alufolie umwickeln. Die Marinade seitlich angießen. Im Backofen bei 180° Umluft ca. 2,5 h braten. Regelmäßig mit der Bratflüssigkeit übergießen, hin und wieder Fleischbrühe nachgießen. Gegen Ende der Bratzeit Alufolie entfernen. Den Schweinskopf mit kaltem Bier bepinseln und einige Minuten knusprig grillieren. Dann im ausgeschalteten Backofen ruhen lassen. Inzwischen die Sauce zubereiten: Die Bratflüssigkeit durch ein Saucensieb in einen Topf abgießen, etwas einkochen lassen. Mit Salz und frisch gemahlenem bunten Pfeffer abschmecken, für die Bindung 1–2 EL eiskalte Butter mit dem Schneebesen einrühren.

Gratinierter Chicorée

500 g Chicorée
1 TL Salz
1 TL Zucker
2 EL Olivenöl
2 EL Honig
50 g Ziegenfrischkäse

Zubereitungszeit: 25 min. Den Chicorée waschen. Die äußeren Blätter entfernen, dann halbieren und den Strunk herausschneiden. Wasser mit je 1 TL Salz und Zucker aufkochen, den Chicorée darin 5 min. blanchieren. Auf Küchenkrepp abtropfen lassen. Olivenöl und Honig in einer Pfanne erhitzen. Chicorée in der offenen Pfanne unter Wenden etwa 10 min. karamellisieren lassen – er sollte noch Biss haben. Auf jede Chicorée-Hälfte 1 EL Ziegenfrischkäse setzen und bei geschlossenem Deckel zerlaufen lassen.

Hokkaido-Kartoffel-Püree

350 g mehlige Kartoffeln
350 g Hokkaidokürbis
200 ml warme Milch
1 EL Butter
½ TL Salz
1 kräftige Prise geriebenes Muskat
Für die Garnitur:
1 EL gehobelte Mandeln
1 EL gesalzene Butter

Zubereitungszeit: 40 min. Die Kartoffeln schälen und würfeln, den Kürbis waschen und würfeln. Beides in Salzwasser 20–25 min. weich kochen. Das Wasser abgießen. Kartoffeln und Kürbis im heißen Topf mit einem Kartoffelstampfer zerstampfen, die warme

Milch nach und nach zugießen. Butter, Salz und Muskat mit einem Schneebesen unterschlagen, bis ein fluffiges Püree entsteht. Die gehobelten Mandeln in einer Pfanne mit zerlassener gesalzener Butter hellgelb anrösten.

Und dann können wir auch schon anrichten: den Schweinskopf auf einer Platte servieren, am Tisch mit Branntwein begießen und flambieren. Dazu am besten das elektrische Licht ausschalten. Das knusprig gebratene Fleisch – besonders saftig schmecken die Bäckchen! – in Portionen zerlegen, auf den Tellern anrichten und mit etwas Sauce begießen. Je ein duftiges Wölkchen orangeglänzenden Hokkaido-Pürees seitlich platzieren und mit goldenen Mandelsplittern garnieren, die Chicorée-Schiffchen mit ihren Segeln aus zerlaufenem Ziegenkäse dürfen sich daran anschmiegen.

3. Gang/Dessert: Warme Brownie-Muffins und Lebkuchenparfait auf Schlehen-Rotwein-Spiegel

Lebkuchenparfait
100 g braune Lebkuchen
4 Eier
75 g Puderzucker
Wasser und Eiswürfel
1 TL Zitronenabrieb
1 Prise Zimt
½ TL Lebkuchengewürz
50 g Sherry (Fino)
1 TL Honig
20 g Zucker
300 g Sahne
Zum Verzieren: Granatapfelkerne, geröstete und gehackte Haselnüsse

Die Lebkuchen im Mixer zerkleinern. Die Eier trennen. Wasser zum Sieden bringen. Eigelbe und Puderzucker in eine Metallschüssel geben, mit dem Schneebesen über dem heißen Wasserdampf auf das doppelte Volumen aufschlagen. Danach auf Eiswasser kalt schlagen. Zitronenabrieb, Zimt und Lebkuchengewürz mit Sherry und Honig vermischen, unter die Eigelbmasse rühren. Eiweiß und Zucker zu festem Eischnee schlagen. Sahne steif schlagen. Nun die Lebkuchenbrösel, den Eischnee und die Sahne vorsichtig unter die Eigelbmasse heben. In eine mit Frischhaltefolie ausgelegte Form füllen und für gut 6 h einfrieren.

Warme Brownie-Muffins
80 g Mehl
etwas Butter zum Auspinseln der Muffin-Förmchen
1 Vanilleschote
200 g Zartbitterschokolade
120 g Butter
4 Eier
100 g Zucker
1 Prise Salz
etwas Butter für die Formen
Puderzucker zum Bestreuen

Mehl in eine Schüssel sieben. Sechs Muffinförmchen mit Butter auspinseln. Vanilleschote auskratzen. Die Zartbitterschokolade grob hacken und zusammen mit der Butter im Wasserbad langsam schmelzen lassen. Eier, Zucker und Salz in einer Rührschüssel schaumig schlagen, ausgekratzte Vanille und Schokoladen-Butter-Mischung dazugeben. Das gesiebte Mehl vorsichtig unterheben. Den Teig auf die Muffinförmchen verteilen. Auf der mittleren Schiene bei 160 °C Umluft 13 min. backen.

Schlehen-Rotwein-Spiegel
500 g Schlehen (wahlweise Zwetschgen)
100 g Zucker
25 ml Wasser
200 ml Rotwein
½ Zimtstange
1 Gewürznelke oder Piment
1 Sternanis
½ TL Speisestärke
1 EL Orangensaft (wenn Zwetschgen verwendet: Zitronensaft)

Zubereitungszeit: ca. 45 min. Schlehen waschen, in einen Topf geben, knapp mit Wasser bedecken und unter Rühren köcheln, bis sich die Kerne vom Fruchtfleisch gelöst haben. Die Fruchtmasse durch ein Sieb streichen. Zucker mit etwas Wasser in einem Topf karamellisieren lassen. Mit dem Rotwein ablöschen, etwa 2 min. bei offenem Deckel köcheln lassen. Schlehenmus und Gewürze (in einem Gewürzsäckchen!) dazugeben. Weitere 10 min. köcheln lassen. Das Gewürzsäckchen herausnehmen. Speisestärke mit Orangensaft glatt rühren und die Fruchtsauce damit sämig binden. Mit einem Schöpflöffel auf flachen Tellern verteilen und im Kühlschrank zum glänzenden Fruchtspiegel gelieren lassen.

Und dann können wir auch schon anrichten: Das Lebkuchenparfait aus der Form stürzen, die Folie entfernen. Granatapfelkerne und gehackte Nüsse darüberstreuen, mit einem scharfen, nassen Messer in zwei Zentimeter dicke Scheiben schneiden. Je eine Scheibe auf dem Schlehen-Rotwein-Spiegel anrichten. Die frisch gebackenen Brownie-Muffins – der Kern soll noch flüssig sein – vorsichtig aus der Form lösen, mit Puderzucker bestäuben und in gebührendem Abstand neben das Gefrorene setzen. Sofort servieren.

Glauber-Butterscheidt

Einige Herzschläge lang stand er verwirrt und reglos in dem Lichtkegel, der durch das Fenster fiel – wie ein Reh auf der Landstraße, das von Autoscheinwerfern geblendet wird. Dann kehrte seine Wut zurück.

»Was soll das, du tätowierter Prolet?«, schrie er. »Findest du das witzig? Mach die Tür auf! Mach *sofort* die Tür auf, oder du wirst es bis ans Ende deines Lebens bitter bereuen!«

Im Weinkeller ging das Licht aus, von jetzt auf gleich wurde es stockfinster. Sein Körper machte einen unautorisierten Ausfallschritt nach hinten, er stieß gegen etwas Kaltes, Sehniges, Starres ... Es wich träge zurück, schob eisige Luft vor sich her und verdichtete die Dunkelheit. Er verlor das Gleichgewicht und ging zu Boden wie ein nasser Sack. Mit Mühe rappelte er sich wieder auf, zuerst auf die Knie, dann auf die Füße. Er suchte in den Manteltaschen nach seinem Smartphone. *Das wird dich richtig was kosten, du Idiot*, dachte er und meinte damit nicht sich selbst. Er tippte auf das Display. Es blieb dunkel. Der Akku war leer.

Er tastete sich zurück zur Tür. Er suchte nach einer Notentriegelung – einem Hebel oder Druckknopf; er suchte nach einem Lichtschalter, nach einer Notrufeinrichtung. Das kann nicht wahr sein!, dachte er, und immer wieder: Das kann nicht wahr sein! Selbst in einer fränkischen Provinzspelunke galt die DIN 8986, es gab Vorschriften, über die man sich nicht hinwegsetzen durfte! Er trat gegen die Tür, er zwängte alle zehn Finger in die Türritze, seine Smartwatch erzeugte einen schrillen Dauerton. Die Wände seines Gefängnisses kamen näher und näher. Seine Augen wollten sich nicht an die Schwärze gewöhnen, sein Gehirn lieferte nur ein vages Bild zu dem, was seine kälteklammen Finger ertasteten. Irgendwann resignierte er und setzte sich auf den Boden. Die Zeit schien stillzustehen. Er hatte Angst.

War eine Stunde vergangen? Oder nur ein paar Minuten? Als das Licht im Weinkeller wieder anging, presste er die Stirn gegen die Scheibe des Fensters und sah eine Gestalt, die sich über eine Weinkiste beugte ... Er zog einen seiner Schuhe aus und hämmerte mit dem Absatz gegen das Glas, er schrie, so laut er konnte.

Die Gestalt richtete sich auf.

»Ich bin hier!«, rief er. »Hallo! Hilfe!«

Als auf der anderen Seite des Glasfensters ein Gesicht erschien, schossen ihm Tränen reinen Glücks in die Augen – nie zuvor in seinem Leben war er so froh gewesen, jemanden zu sehen. »Du bist das! Gott sei Dank! Mach die Tür auf! Lass mich raus!«

Sein Gegenüber griff nach dem Drehhebel, dann hielt es inne und betrachtete ihn wie ein exotisches Tier, dessen Verhalten erst zu erforschen war, ehe man den Käfig öffnen durfte.

»Lass. Mich. Raus«, formte er mit den Lippen wie ein Stummfilmstar. Waren denn alle hier schwer von Begriff? Waren alle zur gleichen Zeit verrückt geworden?

Sein Gegenüber zuckte die Schultern, eine vage Geste der Entschuldigung. Dann rieb es den Drehhebel sauber – mit einem Ärmel oder dem Saum seines T-Shirts, das konnte er nicht genau erkennen –, wandte ihm den Rücken zu und ging, ohne sich noch einmal umzudrehen.

Für ein paar Minuten konnte er es nicht glauben. Für ein paar Minuten sah er noch winzige Staubkörner und kleine Tröpfchen seines erregten Atems in dem Lichtkegel miteinander tanzen, dann wurde es endgültig dunkel.